光文社知恵の森文庫

加島祥造

老子と暮らす

知恵と自由のシンプルライフ

人は陰を背に負い、陽を胸に抱いて行く

老子

●文庫版のためのまえがき

『老子と暮らす』は光文社から二〇〇〇年の一月に出た。こんど同社の知恵の森文庫として出るので再読し、まだ鮮度を失っていないのを知って嬉しく思った。

この本は私と編集サイドとの協力で出来あがった。それによって、私ひとりでは書かないような自分の過去と現在の暮らしぶりを語ったばかりか、自分のなかに潜んでいた考えや観察が、はっきりと述べられている。それらのすべてが、私にとって新しい話題だったので、いまなお鮮度を失わないのであろう。

それらの話題があちこちと転じて移ってゆくので、取とめない雑話集にみえる。

当時の私は「あとがき」でこう言っている——

老子は私たちに「もう少し自由に生きたらどうか」と言っていて、私はその方向のライフにわずかに取り付いた者にすぎない。それもこの谷に移ってからの数年のことであり、「老子とともに」といった暮らしにはまだほど遠く、まあ道の入り口にたどりついた、といったところなのだ。本書の題は、そのようにとってくださるとうれしい。

それから六年が過ぎて、私の谷暮らしも、老子・タオ的ライフにやや近づいている。ようやく自分をタオイストと呼べるのではないかと感じる。

この本を再読して、もうひとつの感じたことがある。それはのちになって深まった思索の芽があちこちに出ている点だ。

たとえば「あらざる恐怖」（四章）「脅迫システム」（五章）「花を咲かすものは」（六章）などは『タオにつながる』（二〇〇三年／朝日新聞社）にもっと十分に語られている。

「ハートとマインド」（一章）「腹の虫」「切腹」（二章）「やさしさ」（四章）は『肚――老子と私』（二〇〇五年／日本教文社）のなかで長く再説されている。

老子に関聯した話題はすべて――とくに「名前のない領域」「二元論からの自由」

（三章）「知足――潜在能力の発見」（四章）――その他は、『エッセンシャル・タオ――老子』（二〇〇五年／講談社）のなかで、しっかり述べ直されている。

この『老子と暮らす』は、老子思想についてまだ手探りの段階だったが、それでも老子・タオの中心課題にたえずタッチしている。

私の「老子」への興味は、初めのうち、玄や空や無為といった思想に向かったが、次第に、自然とタオの関係、その中での人間の生き方に目を向けるようになった。

近年では、ユングの無意識とタオ、母権制論とタオに関心が強い。

文明国の歴史は東洋も西洋も、父権制の、男中心の社会になってからのことだが、それ以前には女性中心の母権制社会があった。その社会の心性は「和《なご》み」「優しさ」「平等」「不争」が主潮であった。このことをバッハオーフェンから知った時、私はこの母権制社会の心性と思想が『老子八十一章』に脈打っていると感じた。なぜ彼が柔らかさや優しさを説き、弱さの力を語り、母の神秘を言うのか、その理由がいちどきに解けるのを感じた。

ユングの無意識論とタオのことは、改めて言うまでもないことかと思う。

こうした思索の展開の芽が本書のなかに含まれている——それは編集サイドが私の潜在能力を引きだしたからのことであった。そのせいで、私はいまも本書には愛着を覚えるので、文庫版まえがきにはふさわしくないかもしれぬが、やや長く述べさせてもらった。

なお、今度の文庫版では、いくつかの詩を別のものに変えました。

十二月四日　初雪が降りつもる日に

加島祥造

目次

第2章 ほんの少しの自由 53

第3章 老子への道 95

第4章 遺伝子とユーモア 141

第5章 自然情報と人工情報 183

第6章　二つのバランス　225

ブックデザイン・図版製作　大竹左紀斗

第1章

大いなる谷へ

故郷との出会い

いま住んでいる信州の伊那谷《いなだに》は、南北に長い長野県の南端にあり、諏訪湖から流れでた天竜川に沿って開けた広いU字型の谷です。

ぜいたくなことに、日本でも有数の巨大山脈である中央アルプスと南アルプスを、U字の両端に配置しています。山は、それぞれが個性的で高く美しく、しかもその上に広がる空はとても大きい。

最初にこの谷を訪れたのは、いまから三十五年ほども前のことで、年は四十前後でした。まだ信州大学に勤めていた時代、松本に約十三年ほど住んでいたときのことです。

その時代の私は、信州のあちこちの谷を見て歩きました。安曇野《あずみの》の梓川《あずさがわ》や、犀川《さいがわ》沿岸とか、木曾谷《きそだに》や千曲川《ちくまがわ》の谷とかね。けれども天竜川の伊那谷は、最初の十二年間、いちども訪れたことがなかった。

信州の南のはずれにあるし名所はなかったので、何も興味をひかなかったんです。ところが十二年目に、学生のM君が「伊那谷を見ないか」と言って、案内してくれた。当時は、飯田線というローカルな電車が細々と通るきりでした。駒ヶ根の大徳原《だいとくはら》というところへ案内され、原っぱに立つと、東の空に仙丈ヶ岳《せんじょうがたけ》が高く聳《そび》えて、反対側の西空には駒ヶ岳連峰がそそり立っている。

秋でした。ススキの原に立ったとき、自分の心の非常に深いところに、何か動くものがあるのを感じた。

このごろ使われる言葉だけれども、「心の故郷」という言い方。あれに近いものを、そのススキの原で感じたんですね。

そこで、ほとんど直ちに土地を購《もと》めた。開拓団の拓いた山の中の、森の端に。

ここが気に入ったという言い方は、必ずしも正確ではありません。「気に入る」というのは頭の中でのあれこれになるわけで、僕の感じたのは、腹の底の部分が何かに打たれたということです。

そんなことは、これまでの生涯であまりなかった。

幸いに土地を譲ってくれる人がいて、幾年かして小さな小屋を、大徳原に建てました。それが、三十年くらい前。

ちょうどそのころ僕が信州大学から横浜国大に移ったため、夏や冬の休暇の間に、横浜から伊那谷に通うことになったのです。

水の出ない蛇口

通いはじめても、しばらくの間は、根っからの都会人の僕にとって、驚くことばかりが続きました。

ある年、正月を大徳原の小屋で過ごしてみようと、電車でやってきた。途中の八ケ岳《やつがたけ》の山麓で雪が降りだして、九時に駒ヶ根についたら、吹雪。その日は地元の小さなホテルに泊まりました。

翌日はよく晴れて、タクシーで小屋の近くまで行き、そこから歩いてようやく小屋にたどりつくと、驚いたことに水道が凍って、水が出なくなっている。

体験のある人もいるでしょうが、そんなときは情けないものです。陽気な気分はみじめに消えてしまい、生存への基本的な不安がつのる。

少し遠い〝隣の家〟にゆき、町の人に助けを頼んだが、来ない。僕はやがて、妙なことを考えだしました。

そのときの小さな出来事を、あるところで、僕は次のように書いています。

《昼を過ぎても頼んだ人はこなくて、私は空腹のあまり思いつく——

「そうだ、雪があるんだ」

鍋を二つ持ちだし、長靴をはき、林の前の吹き溜まりにゆく。雪の肌は木漏《こも》れ陽《び》を吸って微妙きわまる色にきらめいている。その光の肌を掻《か》き崩して鍋に詰めてゆく。その動作をする両手に雪の軽い感触があって、私の心にはふと「優しい冷たさ、冷たい優しさ」という言葉が浮かんだ。

雪の詰まった鍋を石油ストーブにのせ、余事に心をうつしたあとで鍋にもどると、融けた水は鍋底に薄く残っているばかりだ。雪とはこんなに実体のないものか、と改めて驚いて、今度はポリバケツ二個をひっさげて林のなかにはいりこんだ。》

雪の茶会

〝思いついた妙なこと〟の中身は、その続きにこう書かれています。

《夕食を終えると、私はまた雪を鍋に入れてストーブに置き、戸外の静けさに気をとられていた。それから、この湯で茶を点《た》てようと思いつく。

これは久しぶりのことだから、茶は冷蔵庫にある使い残りだし、菓子は持参のチョコレートだ。茶碗は、友人の疋田寛吉《ひきたかんきち》が、北村太郎《きたむらたろう》の詩「春影百韻」のなかの二行を書いた、妙（な）作だ。

それはとにかく、初雪でする茶の味はいかに、と思いたった主人の私が背を丸めて点てる茶を、座りなおした客の私がいただき、「これはけっこうだ」と、本当にそう感じた。

客の私が三服めを所望すると、主人の私は、「馬鹿、いい加減にしろ」と笑ってたしなめた。

遊び心にうかれた私は、さらに書初めを思いつく。わざと雪をひとつかみ持ってきて、歙州硯《きゅうじゅうけん》にのせ、芝蘭堂《しらんどう》の嘉慶墨《かけいぼく》を摩《す》りおろすうちに、書く句がきまった――。

客至汲泉烹茶

（客ノ至レバ泉ヲ汲《く》ンデ茶ヲ烹《に》ル）

これは蘇東坡《そとうば》の「賞心十六事」からの一行である。さっきは「独り茶」で淋しかった。その気持ちから、今度は「客ノ至レバ……」の句を選んだのだろう。ともあれ、これもまた、初雪の墨の色やいかに、という思いからしたことだ。なかなかの一枚を鴨居から吊って眺め、「うん、けっこうな墨色だ！」と自賛したが、これは茶の味ほど確かではなかった。

このあと私はひとりの友人に手紙を書くが、この夜の静かさと自分の逸興《いっきょう》を語る言葉が、ひとつのリズムを帯びているのに気づいた。

三日め、私はこの手紙をもとにして、「雪解《ゆきげ》の水のように」と題する詩を書いた。六日め、私は初雪を融かした水を二本の瓶に詰めて、山をおりた。墨色に深く心をひそませる人である書家の篠田桃紅《しのだとうこう》さんにこの水を、と思った。

しかし東京にくると、私の遊び心は消え去り、初雪の水はただの水に変じたかに感じられて、さしあげずに終わった。

しかしあの小屋では、水の出なかったという小事件が、私の心にあのような風狂をいざないだした。山の小屋での時間とは私に、ときおり、こんな不思議な働きかけをするものなのだ。》

空を流れる大河

伊那谷に通うようになると、こうした小さな出来事が、まるで僕を待っていたかのように、いろいろな形で姿を現わしてくるのでした。

《夏の雲蒸《うんじょう》の気が去って、大気の澄みはじめたころと覚えている。時刻は、朝の七時ごろだったろうか。

私はベランダに茶道具を持ち出して座った。前に広い草地があり、向こうに唐松林がある。この空間に、まず、三つ四つの赤とんぼを見かけた。

「おや、もう出はじめたのか」と思ったが、それきりのことで、私は茶を淹《い》れたり、梅干に砂糖をまぶして口にしたりしながら、ほかのもの思いにふけっていた。

ふと目をあげると、視野いっぱいに赤とんぼがいた。それが、いずれも雌雄のつがいである。なぜか私は雌が先にいると思いこんだが、とにかく数えきれぬ群れの赤とんぼは、みんなつがいだ。独り者はまったくいない。

そしてこの夫婦の群れは、私の視野を右から左へ、すなわち西から東へとすすんでいる。逆方向にゆくものはない。

朝の光は東の高い山巓《さんてん》から発して、大谷をこえてこの林に達し、草地にそそいでいる。その澄んだ光に向かって、数知れぬとんぼの群れがいっせいに飛んでゆく。

薄い銀色の羽根と赤い尾をひからせながら、谷へ流れるらしい気流に乗って、羽根をほとんど動かさないでゆく。ひたすら天竜川の水辺を目ざすようで、虫を追ってだしぬけに左右に転じたりしない。

見あげると、唐松林の高い梢あたりにもいる。そして視野がひろがったせいか、私の心には壮大なイメージが浮んだ。

この山麓は、西の急峻な連峰からゆるやかな大斜面となり、天竜川に達している。そのときの私が思い描いたのは、この大きな西斜面の段丘を二人連れの赤とんぼの群れが覆いつくしている光景だった。

それが事実かどうかは、段丘の南端にある小屋からはわからなかったが、眼前の実景から拡大された私のイメージには、強いリアリティがあった。

大谷いっぱいに射しこむ朝の光の中を、幾千幾万という二人連れの赤とんぼが、大河に向かって広野や林をこえて進んでゆく。

——銀色の羽をしっかりと張って、静かに堂堂と。》

要するに、つがいのとんぼの大群は、いま目の前に見ているものだけではない。広大な斜面、駒ヶ岳から天竜川へ下るこの伊那谷の、大きな斜面全体にわたって、幾千幾万ものつがいが、大気の流れに乗ってうごいていく。すべてのとんぼの夫婦が、いっせいに山から下ってくるのだ……。

エナジーに貫かれる

子供のころ、大都会の下町で見かけた赤とんぼは、とてもひ弱な姿でした。神社や並木の枝をはなれて、空地や路地にまぎれこんでくる彼らは、いかにも旅路の果てといった、途方にくれた様子だったものです。

とくに夕暮の空に見る彼ら、疲れて電線にとまる彼らは、頼りない淋しい生き物のように、子供の僕の目にも映りました。

この過去の印象と比べると、この朝の谷の赤とんぼは堂々としていて、「存在の威厳」さえ感じられたのです。それは、都会で見る「影のような存在」では、まったくありませんでした。

そうした比較からも、感嘆の心は動いたのですが、なによりも僕は、つがいでゆく群れのイメージのなかに、神秘な命のエナジー energy を感じたのです。それが電流のように、僕のなかを走りました。

《私は都会にいると、あまたの人工エナジーに気をとられてしまう。その心の習慣のせいか、谷の小屋にきても、すぐには大気に遍満するエナジーを感じとれない。山や林や草花を通じて少しずつそれにふれていったが、この秋の朝は、それが一気に私を貫通したかに思えた。》

伊那谷で暮らしていると、このように、自分がなにか「大きなもの」につながっていると感じ、そのエナジーを実感することがあります。そして、そのなかに自分がいるということが、体によく沁みわたってきます。

これは、都会では、まずありえないことでしょう。

東京の神田に生まれ、壮年期まで主に都会で暮らしていた僕のような人間にとっては、分断された世界が当たり前でした。

分刻みの時間や情報、そしてエナジーもそうです。都会では風景や感覚までが細分化され、結果として、そのなかにいる人間までがパーツの集合体になりがちです。

しかし伊那谷には空を流れる大気の河があり、すべてをはぐくむ命のエナジーがあります。この朝、それが一気に僕を貫いたようにさえ思われたのです。

歩く速度

こういうことをいま話してきたのは、伊那谷の暮らしが、都会と違っていかにワンダー wonder（驚異・驚き）に満ちているかをお伝えしたかったからにすぎません。

山や谷、清流などの風景ばかりでなく、昆虫、草花、はては雨風、雪までが、町暮らしで固定化した人の心をゆっくりと解きほぐす。失われていたバランスを回復させ、大いなるものの感覚に目覚めさせていく。

この本の全体で僕は、これからそういうことを語っていこうと思いますが、とりあえずもうひとつ、初めのころの小屋暮らしで僕の身に起こった出来事についてお話ししたい。

小屋の近くに、唐松の林が、川に沿ってずっと続いていました。

《ある初夏の午後、私はこの林のなかの小径を歩いていて、自分の足どりが次第にのろくなるのに気づいた。たぶん、頭上の枝えだの淡緑の美しさに、われを忘れたのだろう。そしてふと、その両足ののろい動きをそのままにしておこう、頭でせかすのはやめてみよう、と思った。

すると、両足の動きはさらに遅くなって、片足がゆっくり前に出て地面につくと、それに体重がうつり、それから後ろ足が地面をはなれて、前へと出てゆく。能でシテが橋懸《はしがか》りをゆくときよりも、三倍は遅い歩きぶりとなり、その動きのままにのっそりと林の小径を進んでいった。

そのときの私は、そんな馬鹿げたことをする自分を珍しがり、面白がっていた。なぜかというと、私はほんとは、大変に「せっかち」な性分だったからだ。

広いアメリカではニューヨークがそうであるように、狭い日本では、東京の下町がもっとも「せっかち」な気質の土地柄であろうと思う。

私はそこに生まれ育ったばかりか、その性分のままに動く丈夫な体ももっていた。それで、ものごころついてから半世紀の間、私は自分の両足を、目的や欲望のままに、実にせかせかと動かしてきた。

そういう私が、たとえひと刻《とき》の気まぐれにせよ、蝸牛《かたつむり》と競う足どりになった――そういう自分が珍しくて、面白かったわけだ。》

向こうから現れる

《さて、そのような両足にまかせて動いてゆくと、思いがけぬ印象の数かずが、感官に伝わってきた。

たとえば、深い谷川の瀬音のひびきがことさらはっきり聞こえた。木漏れ陽が唐松落葉の上に描く斑《まだら》模様に、改めて心を惹かれた。何よりも驚いたのは、小径の端にある小さな花ばなが、鮮明に目に映じはじめたことだ。

たとえば、かつて人に教わった、姫烏頭《ひめうず》というやや淡紅色を帯びた白色の小花が、草の陰に、しかし実に立派に頭をあげているのを見出すと、のろい足どりさえ停まった。

そういう新しい驚異が次つぎに展開し、その面白さに私は林の小径を出ても、なおしばらくこの歩き方をつづけた。

すると、畑の端に植わった草ぐさにも、それぞれに粒のような花を見出した。トマトは、糸くずのように細かくよれた黄花《きばな》、枝豆は淡くて白い小花、ピーマンは小鈴をたくさんに吊りさげ、チサは紫の細かな房をたらし——それらがいずれも天巧のきわみをつくしているのだ。

この日の私は、ふと両足の動くままに任せてみた——ただそれだけのことだったが、するといわば「向こうから現れる」かのように、新しい美の領域が見えてきた。自分の意思で見出したのではなかった。

この日はそれに驚き興じるだけに終わったが、いま考えてみるとあの午後のことは意味深いものだった。

あれは、小屋を建ててから二年めのころだった。そしてそののち、小屋にくると、ときおり、私は自分の頭の支配から、自分の心身を解放するようになった。

自分の「両足の行方」にしたがうのと同じ心で、「現れてくるもの」にも応じるようになった。二十年も中絶していた詩が、ここにいるとできるようになり、終生無縁と思っていた絵筆を持つようにもなった。

やがて私なりに、「閑」とはなにかが少し見えてくるようになったのも、みなあの日のきまぐれに、端を発しているように思う。》

……これが、都会の日常性からぬけでた自分を発見したきっかけでした。

夕菅の花

僕はずっと大学の教師だったから、夏は長い休みがありました。一カ月半くらいも、続けてこちらで過ごすことができたんです。

〝驚き〟との出会いは、そのたびにいろいろな形で起こりました。

ゆっくり歩き始めたり大気の流れをつかんだりというのは、いわばその瞬間に起こったことですが、非常に長い時間をかけて、じっくりとしみ込んでくるワンダーも存在する。

たとえば、夕菅《ゆうすげ》の花の美しさについてわかるまでには、十年近くかかりました。僕は東京育ちだから、花のことなんか、何も知っていなかった。それで、こちらに来て散歩しているうちに、大徳原の田圃《たんぼ》のヘリに黄色い花がある。なんの花か知らないまま摘んできて、ちょっと花瓶に活けておいたら、じつにいい匂いがしたんです。

その匂いが始まりで、これはどういう花だと人に尋ねて回って、やっと、夕菅という名前に出会った。これは、ほんとうの無知からきた経験です。

夕菅は、自分が生涯で最初に心を打たれた草花でした。それまでも草花は見ていたけれど、ぜんぜん心には入ってこなかった。しかし野を歩いていて、黄色い花に出会い、まったく無意識にそれを摘もうと思った。

いろいろ考えると、僕は無意識で動いたときのほうが、大切なものを見つけてくるような気がするのです。

この花は、中国では麝香草《じゃこうそう》と言っているようです。かつての〝満州〟では非常に広いところ一面に咲いているという話を聞きました。

きっと素晴らしい眺めと、香りでしょう。

とても品のいい匂いです。野の強い匂いではなく、何とも言えない、中国の美人の香りのような気がする。

もっとも僕は、中国の美人の匂いなんか嗅いだことはないけれど。

名前のとおりこの花は、夕方の五時ごろに咲き出す。夏ですから、五時でまだ陽が高い。咲き出したころには匂いも高まり、六時七時、ちょうど陽の暮れ方のころに、全開となります。

そして次の朝には、萎《な》えて首を下にたれる。一日花というやつです。

もちろん、いくつか蕾がありますから、三週間以上は咲き続ける。それにしても、潔く一夜で、素晴らしい黄《き》の花が咲きおえる。その気合いのよさ。野の中に一本すっと立って、誰も見ていないところで咲いて、散っていく。

丈高く、黄色い花を夕暮に一人で咲かしている姿は、なかなか健気《けなげ》です。僕はこのごろ、夕萱を見るたびに、何かしめつけられるようなものを感じることがある。

しかし、そうしたほんとうの良さがわかるためには、十年かかったのです。毎夏こちらに来るたびにこの花に出会い、「やあ、ただいま」というような思いを抱くようになって、ついに良さがわかってきたといえるでしょう。最初の二、三年は、ただキレイな花、という程度だったのだ。

ほんとうの理解というのは、そんなものかもしれません。

深いところから、何か無意識に打たれたものの理解には、時間がかかりますねえ。頭の理解だと、とても早いけれど。

僕が話していることは、長い間の経験を思い出して、いちばん奥の、たぶんどこか胸とつながっているところから出てくることなんです。もっと言えば、それは、他の誰にでもつながる部分ではないかということです。

ここで話した体験は、そのときはただ〝感じただけ〟でした。そこにどんな意味があるかわからなかった。十年もすぎて谷のライフを短文に書くとき、こうした実感が思い出された。それを書いていったのです。体に残っていたことを書いたわけですね。

ハートとマインド

英語の「ハート（heart）」は、とりあえずは「心」と訳されています。でも、「マインド（mind）」もまた、日本語だと「心」になる。

英語では、両者には大きな違いがあるのです。

英語圏の日常生活で「mind」という言葉を使ったときには、ほとんどが「頭」という意味。いっぽう「heart」は、「胸」「心臓」をあらわす、直接の言葉。「マインドで考えても及ばないところがハート」なんです。

この話はまたあとでゆっくりしたいと思いますが、とにかく僕はこちらに来て、ハートの部分が揺り動かされる体験をしはじめたわけです。そのことによって、逆にいままでの自分が、いかにマインド＝頭のほうにのみ偏っていたかに、気づかされたんですね。

僕は、人間ならば誰でもがもっているハートの部分を、ごくゆっくりですが回復しだしたんです。

閑寂とは縁遠かった

大徳原の小屋は、最初はほんとうに閑寂《かんじやく》なところだった。深い渓谷にそった唐松林の端にあったたし、あたりには家一軒なくて、ただ東と西の高い山を見晴らせるのでした。

しかしそのころの僕は、壮年の終わりごろでね。閑静なライフの味なんかはまだ知らなかった。

それどころか、世間からみればデタラメで乱暴な生き方をしてて、一時は大学も家族も捨てて、この小屋にきてしまおうかと思ったりしたんです。

そこまでは徹底できませんでしたが、大徳原の小屋にきても、都会での荒れ動く情念は静まったりしなかった。

そこから、『晩晴』という僕の第一詩集が生まれたんです。この小屋の日誌に書いた詩がおもになっている。そのひとつだけ、出しましょう。「合歓とひぐらし」という題名です。

合歓とひぐらし

ここにいると時おり
思いがけない愚行をはじめる

ついに梅雨のあけた
夏めいた日の夕方であった
散歩に出た私は林のなかの小径で
だしぬけに、ごくゆっくり歩きだした

「邯鄲《かんたん》」で盧生が
橋掛《はしかがり》から舞台にくる時よりものろくて
一歩ごとに体重が次の脚に移るのを
はっきり感じて動いてゆく――
そういう足どりとなった

なぜこんな歩きぶりをはじめたのか
自分にも分からない
この両脚は半世紀の歳月
私の慾望の命ずるまま
せかせかと交互に動いてきたが
いまや私の意志と慾望に反逆し
自立し本性にかえって
自分たちで歩きたくなったのかもしれぬ

たしかに私はここにいると
時おり体の諸機能を
故意に
頭《マインド》の支配から解き放してやりたくなる

両脚の気儘な動きにまかせて
そろり、のっそり進んでゆくと
なによりも驚ろくのは
微小な草花の見えてきたことだ
たとえば姫藪蘭の紫の小花
(これはあの人が教えてくれた草だ)
つぎには姫烏頭《ひめうず》らしい淡い小粒の花
(もし姫烏頭なら友の海彦の教えた草だ)
やがて林を出て畑の端にくると

たとえばトマトは黄色の細片の束
ピーマンと枝豆は
実に可憐な白や黄の粒花《つぶはな》をつけている
チサの花は薄紫の小さな房——
みんな天巧のかぎりをつくしていて
感嘆する心は忙しく
ついに蛇《じゃ》の髭《ひげ》の精緻な蠟細工にみとれて
両脚は停まってしまう——

新米

四十代の半ばから伊那谷の小屋に通って、そこで心の修養をしてきたように誤解されると困るんで、こんな詩をつけ加えました。ずっとあとまで、雑念と妄想がいっぱいの人間でしたよ。

大徳原に小屋を作ってから十五年もするうちに、原野だった土地が大きく変化しました。小屋から千メートルほども北のほうに高速道路が通り、小屋の下の大きな田圃や畑に家が立ちはじめ、しまいには、僕の小屋のすぐ前に、二車線の道路が開通しました。

家ひとつない原野と林だったところが、住宅地になってしまった！　僕は夏にくるごとにその様子を見て、絶望感を抱いた。

しかし、再び偶然の運びなのですが、そのころ天竜川の向こう岸の村落に、一軒の家が見つかったんです。それがいま住んでいる中沢の谷の家。

ここに七年前に移ったころから、また年も重なったせいか――そして老子《ろうし》に出会ったせいで――、やっと少しだけ「自然の静けさ」を味わいだした。

そんな程度の新米なんです、僕は。だから、〝閑寂の境地に行いすます〟なんていう気取りからは遠いんですね、まだ。

風を見る

いまの中沢の家に移ったあとのことです。

僕は、風を見たことがあります。

中沢というのは、天竜川にそそぐ川沿いの小さな谷ですが、意外に大きな展望をもっています。

初夏の真昼、家のずっと上のほうにある禅寺の、その竹藪《たけやぶ》が風にざわめいているのを、下の田圃に立って見るともなくながめていました。

《禅寺の背後の杉林は静かだが、その下の大竹藪は、しきりにゆれ動いている。やがて手前の雑木林が、広い葉をひるがえしてざわめく。

と思う間に向こうの青田の苗がそよぎ、次は目の前の田圃の早苗が細かく波だち、それからわが足もとで竹似草《たけにぐさ》がゆれ、ふりかえると、下の畑の苗がいっせいになびいて、しまいにその動きは天竜川へとおりてゆく。

谷の上から下まで、こんなに長くて大きな風の動きを見たのは生まれてはじめてだった。「風」を見た、と思った。そのときだけは、風にゆれる木や草ではなくて、草や木をゆする「風」を見たという実感があった。》

右の文章を書いたしばらくあとで、僕が古代中国の思想家・老子の言葉を英語版から翻訳していたとき、その訳文のなかに、この「風」という言葉がまぎれこみました。

大いなる風のようなタオ（道）につながるとき
心は安らかで
静かで、図太くいられるんだ……

老子の原文にも、英語の訳にも、「風」という言葉はありません。それなのに僕は、どうしてもここで、風という言葉を使いたかった。

それは、あのときの「風を見た」という体験が老子の思想とイメージに通じるという思いがあったからでしょう。

竜と老子

《二、三日して、ふと「風」という字を辞典で引いてみた。風のうち、凡の部分はもと、帆と同じ意味を表わし、凡のなかの虫という字は、古代の篆書《てんしょ》では、「竜」の意味だったとあった。

すなわち、目に見えない竜という怪獣が船の帆をふくらます。船を動かす。その力をうつして、風の字になったというわけなのだろう。

これはいかにも、古代人の実感のこもった字造りだ。彼らは、見える雲や草木の動きではなくて、雲や草木や船を動かす「見えないもの」を見た。たぶん、私たちよりもずっとしっかり見たにちがいない。

だから、古代人がその「見えないもの」の動きを竜と思い描いたのも、ごく当然のことだ。そして彼らは、老子の説く「目に見えないパワー《パワー》」を、私たちよりずっと素直に実感したに違いなかった。

孔子《こうし》があるとき、老子に面会にいった。そしてしばらく対話したあとで、蒼ざめた顔で、慄えながら出てきた。

弟子たちが〝どうしたのですか〟と問うと、孔子は言った、あの人は竜みたいな存在だ、とてもわれわれの手のおよぶところではない。

これは後世の説話だろうが、架空の説話なりに実相にふれたところがある。「見えるもの」だけにつながる孔子の意識と、「見えないもの」につながる老子の意識との差だ。

逆に、孔子の迫力に老子のほうが慄えあがったという話は、たとえ説話としても残っていない——この二千年来。》

土に生きる魂

家を移ってしばらくしたときのこと、僕はこの村で、ある子供に出会いました。

《八月末、中沢のこの家に、メーヤー教授がやって来た。彼はアメリカ中部の出身で五十代、いま、名古屋の大学でアメリカ文学を教えている。

二日間の朝食と夕食の間に、彼と私はいろいろ話をしたが、二人の過ごした時間のうちで、最も新鮮な印象を残したことを、一つだけとどめておきたい。

彼の来た翌日、私たちは散歩にでた。東の道路を上がって行き、やがて禅寺の前に出ると、家々の間から向こうの谷へ行く細い道に入った。すぐに田圃になって、稲穂の垂れた畦道《あぜみち》を私が先になって行く。

すると、一つの田圃の終わったところに小さな男の子が立っていて、私たちに向かって何か叫んでいた。

近づくと、その子は私たちの腰ほどの背であった。五歳か六歳か。まるい、しかし一種精悍《せいかん》ともいえる顔をしている。私たちが近寄ると、畦道のなかに立ったまま激しく両手を動かした。その両手は、田圃の穂の垂れた稲の列を指差したり、抱きかかえるように広げたりしている。

そして、その小さな口から高い叫び声が聞こえた。私たちに呼びかけていて、それは次のような言葉だった。

「おじさん、ごらんな、こんなによう生えた。

こんなに実った。おじさん、ごらんな」

このような言葉を、その小さな子は激しい口調で叫んでいて、それは私たちに言い聞かせるとともに、自分の感動をひたすら伝えたいといった様子だった。眼は精悍に光って私たちを見上げ、また稲穂の方にそそがれて……。

私はメーヤー教授に彼の言葉を翻訳して聞かせ、二人は激しい身振りをする子のわきを通り抜けた。私は、「おお、そうだね ̄え」とごく世間並の言葉を返しながら、その畦道を右へ曲がった。

すると向こうから、一人の農夫がこちらに歩いて来る。背負い籠《しょご》を背負い、手拭いでほっかむりをしていて、そのかがみがちの歩きぶりは、旧来の農村の人の姿そのままである。私たちの背後にいたあの子供は、そのとき「あ、じいちゃがきた、じいちゃ」と叫んだ。

その声を後にしたまま、私とメーヤー教授は、老農夫と軽く会釈しつつ行き違い、畦道を通り抜けた。私たちはそれからやや広い道に出て、新宮川《しんぐうがわ》の岸の方へと下りて行き、そこから引き返して町筋を通り、家に戻った。

その夜、夕食の後で、書斎に移ってひと休みしながら雑談していた。話がちょっと途切れたとき、メーヤーは言った――「どうもあの子は、実に、大したものだった」。

これは、私が意訳したものであり、その時の彼の英語の言い方は、もうちょっと深い感動を、少しユーモラスな口調で伝えるものだった。そこには、あの幼童への、彼の賛嘆（アドミレーション admiration）の心が現れていた。心からの感嘆といっても、大げさではあるまい。

それを聞いた私は、改めてあの子の身振りと言葉と声を、はっきりと思い起こし、そして心からメーヤーに同感した。

実際あんな小さな子が、自分の土地の田圃に実った稲を、あのように熱烈に、いや激烈に、見知らぬ私たちに向かって自慢するとは！

あの子はだれに教えられたのでもなく、ただ自分の中の感動から叫んだのだ。自分の家の田圃を誇っているのでもなかった。ただ稲穂がこのように実って垂れている様を心から「すごいこと」と思い、その思いを、熱した声で伝えようとしたのだ。

あの子が「じいちゃ」と叫んだとき、この国の農村の土に生きる魂が、父からではなくて、祖父から孫に伝わってゆく——そんな秘密を、私も実感したように思う。

日本の農村はたしかに疲弊しているけれど、どこかしら大丈夫なところがある——みんながひそかに、そう感じているのではないか。そしてそれは、こういう魂が、まだ生きて伝わっているからではないのか。

そんなことを思いつつ、私は長いこと、明るい秋の陽のあたる庭を眺めていた。

……》

薄明かりの中へ

中沢に移ってから、ようやくこの谷のライフを、ほかの人とともに味わう気になったわけです。それまでの大徳原では、自分へのヒーリングでいっぱいでしたから。
そして中沢の谷に来て、歳も重なり、やっとこんな詩の良さも感じるようになった……。

疲れた時代の疲れ果てた心よ、さあ
善悪正邪の編み目をぬけ出て
ここにこないか
夜明けの光のなかで
ふたたび笑わないか、心よ、
朝霧のなかでまた
深い息をしないか

毒舌中傷の火に焼かれ
君の希望は消え去り、愛はくずれさるとも

君の母なる故郷はまだ若いのだ、つねに
朝露は輝き、薄明かりは銀色なのだ

心よ、ここにこないか、ここでは
丘に丘が重なり
神秘の愛に満ちて
陽と月と森と川が互いに
いつくしみあっているのだ

そして神は彼の淋しい角笛を吹き
時代と時間はひたすら遠くへ飛び去るが
ここでは薄明かりは愛よりも優しく
朝露は希望より貴重なのだ

これはアイルランドの詩人W．B．イエーツの詩「薄明かりの中へ」を、僕が翻訳したものです（『倒影集』より）。

有名な詩なので、幾人かの訳がありますが、僕のものはかなり自由な訳です。たとえば「カム、ハート」というのを、「心よ、ここにこないか」と、六個のK音の頭韻を使って訳したりしています。

ほかの行も、この谷をイメージしながらの訳であり、いまではこれが自作のような気がしています。こんなことができるのも、伊那谷での日々が体に沁み込んだからではないでしょうか。

第2章

ほんの少しの自由

谷の家

伊那谷は、起点の辰野《たつの》から南の飯田の先まで、八十キロにもなる、長さも長い、豊かな谷です。

その谷をつらぬくのが、天竜川。

僕が住む中沢の家は、東から西に向かってゆっくりと下る斜面の丘の上にある。

はるか天竜川を挟んだ向かい側には、中央アルプスの、駒ヶ岳をはじめとする山々をのぞむことができます。

東をふりかえれば、前景をなす山の向こうに、南アルプスの仙丈ヶ岳。

家は、まわりをすっかり田圃と灌木《かんぼく》に取り囲まれています。

僕の家の庭からながめると、低い竹叢《たけむら》の向こうに田圃が広がっていて、それがやがて赤松の丘になり、天竜川の段丘に続いていく……。

これが、いまの僕をとりまく、伊那谷の風景です。

自由を失う恐ろしさ

五年前に中沢に移ってから、ここでの暮らしが主となった。そして、ここでは世間の人より、少しは自由に生きています。まだ社会の中にいるし、仕事もいくらかはしている。けれども、ほんのちょっとの自由が与えられたことは、大きな喜びですね。

なぜだか僕は、「自由」に対して渇望に近い思いを、ずっと昔から抱いていました。逆にいえば、「拘束」ということに、異様なまでの嫌悪を感じていたのであるし、いまでもそうなのです。

その自分の思いを痛感したのは、たぶん軍隊の体験でしょう。昭和十八年に、僕は学徒動員で軍隊にひっぱられ、自由というものが一秒もない暮らしを、一年と十カ月ばかりもするはめになりました。

入隊した人たちは、たいてい規律と抑圧、暴力まみれの団体生活になんとか適応しようとしていったのですが、僕は深いところで、決して屈服しなかったようでね、ずっと。

機会があれば脱出しようと、つねに、ひそかに思っていた。けっきょく、脱走には失敗したけれども。

自由を奪われたことの恐ろしさが、軍隊で身に滲《し》みたんです。

軍隊以外にも、もちろん自由の少ない生活は経験してきましたが、そのなかで絶えず、〝もう少しの自由〟をさがしてきた。だからいま、前よりも少し自由になれただけでも、大変なことなのです。

大きなポイント

自由という言葉を、それこそ自由に、気軽に使っていますが、これは考えだすと、大変に深くて大きなポイントです。また、誰にもとても大切なポイントです。そんなことも、僕は後年になって意識し、考えはじめもしたのでした。しかしその前は、体全体が「自由」を願っていただけだった。

三年ほど前に、「自由について」というテーマで、日本橋の画廊でトークをやりましたが、去年からまた、日本橋のあるクラブで、ふたたび「自由について」トークをはじめている。いま、第一回が終わったところです。

自由について話すとなると、本の一冊分ぐらいはすぐに必要になる。それでもまるっきり言い足りないほど、深くて大切な問題ですが、ここではそんなに肩肘をはらないで、もう少しユーモアとむすびつけながら、自由について話をしてみましょう。

心の声にしたがう

自由のいちばん大切な要素をあげるならば、「自分の心の中の声にしたがうことができる」ということでしょう。

自分の心がつぶやいたり、したいと思ったことに、実際にしたがえる暮らし。

それだけで、生きているという実感がこみあげてくるのです。

僕だって全部が全部、自分の心のままにうごいてきたわけじゃないんです。むしろその反対かもしれない。

軍隊にいたときは、なんとかそこから逃れたくて、いろいろあがいたけれど、どうしてもだめでした。一兵卒のまま、最後まで拘束されるほかはなかったのです。

しかしそのとき、僕はこう考えていました。自分の身を傷つけてもいいから、ここから出よう。そしてどこか田舎の町に行って教師をしよう、というイメージを抱きましたね。よく覚えている。

それから五十年以上もたち、ようやくあのときにイメージしたような田舎暮しに入った。けっきょく青年時代に拘束をうけ、それが深く自分の無意識にしみこんで、人生の選択の場面でそのつど、自分のイメージした方向を選ばせるようにしてきたのでしょう――無意識にね。

しかし壮年期を過ぎるまでは、僕もなかなか思うようにはいかなかった。

ほかの人と同じように、家庭や職があって、どうしてもできなかったことが多かったからです。その点は僕も、ごく普通の生き方をしていたのだった。

伊那谷での生活

大学の教員をやめたころが、ちょうど伊那谷での本格的な生活が開始される時期に重なります。

いろいろな巡り合わせもあり、僕は幸運にもこの暮らしを始めることができた。普通の人ならできてもやらないことが、僕は少しだけできた、ともいえるかもしれません。

深くからの自分の声。あるいは、自分のなかの正直な願い。考えてみると、そうした声に、ときどき耳をすませていたんでしょうね。

もちろん、田舎に逃げ込めばたちまち自由になる、なんてことはありませんよ。田舎はかえってややこしい人間関係があって、それにかかわったら、やはり拘束になる。

ただこの村落の人々はとても寛大で、年くって都会からきた僕は、結婚式や葬儀や集まりなどの浮き世の義理から放免されているのです。そんな日常の小さな自由だけでも、僕にはとてもありがたい。

独居の価値

自由のもうひとつの要素は、一人で暮らしているということです。

なぜ、いま田舎で〝独居生活〟をおくっているのか。

それは一人でいることで、いちばん付き合いたい人とだけ付き合えるからです。ここにいると少し、そんな人間関係ができてくるんです。

僕たちは都市にいるとき、付き合いたくない人とも会わざるをえない。ところが一人でいれば、誰とも会わないんじゃなくて、いちばん付き合いたい人に連絡をとり、向こうも僕が遠くにいても、時には来てくれる。自分の喜びにつながるような人間関係が、できてきたのです。

もうひとつ、新しい出会いがおこることも大切な要素です。思いがけない偶然の出会いがあることですね。だから一人になるということは、孤独になることではない。

僕は、本来は孤独に耐えられない人間です。そうではなく、自分の付き合いたい人とだけ付き合える。それが〝独居〟ということの、ほんとうの価値だと思う。みんな誤解しているところですけどね。

そしていまほど、それが可能な時代はない。電話、インターネット、ファックス……。かんたんに通信できる便利な機械があるでしょう。僕は、パソコンはまだ使いませんが、ファックスはたいへん重宝しています。

そして生活じたいも、田舎は現在、とても便利なところです。誰かにヘルプしてもらおうと思えば、すぐ車で来てくれるし。そういう意味でいったら、孤独で大変な不便なんて、何ひとつありません。

かえって都会のほうが、はるかに不便かもしれない。この村落では、お医者さんが往診に来てくれる。こんなことも、都会ではあまりないでしょう。

スーパーは、頼めば買ったものを届けてくれる。宅配便なら、おいしいものも翌日届く。僕の家は、ちょうど周りの家から少し離れているので、音楽を大きく鳴らしたって怒られることはない。そういう意味でのライフをするには、田舎はとてもいいところです。

おまけに野菜はうまい、水もいい。〝都会でなければない〟というものは、新しい魚と良い演奏会くらいかな。

一人では

とにかく僕にとって、いま意識的に考えている一番の関心事。それは、〝自分にとって自由とはいったいどういうものなのか〟、ということです。

外から見ると、僕はいちおう暮らしには困らなくて、地方でゆっくりと、自分の好きなことをしているように見えるでしょう。僕もそんなことを目指して、伊那谷に住んだことはたしかです。

しかし突然こんなことを言いますが、ここに住んでみて、人は一人で生きられないということが、逆によくわかったんです。

孤独では人は生きられない。すなわち人には、誰かと付き合わなくては生きていけない遺伝子が、たぶん植わっているんだと思います。

人間は、やはりずっと昔から共同で、集団のなかで生きてきたことによって、その生存を支えてきたのだ。森の中で一人で生きる人間なんて、本来はありえません。どんな動物でも、どこかで集団化してるんですから。

だから、人間が一人でいることで、ほんとうに満足するなどというのは、それは、迷信ですね。僕は、それが自分でわかってきた。同時に、独居には独居の意味があることも、またわかってきたのです。

腹の虫

中川一政さんに、『腹の虫』という本があります。そのなかで、腹の虫が泣くときには、どうしてもその虫にしたがわなくてはならん、と言っている。少年のころ、はじめて勤めに出て、三日間はがまんして行ったけれども、腹の虫がキューキュー泣いてしかたがないので、仕事をやめちゃったと。

世の中には、腹の虫に導かれる人も少しいる。しかし虫の声があまり大きくないせいか、よく聞こえなくて、ふつうの世間の生き方で穏便に暮らす人も多いかもしれない。

しかし僕もふくめて、誰だってみんな、この腹の虫を持っている。なぜかって言えば、腹の虫は、言いかえれば潜在能力 potentiality のことだからです。

これは、誰のなかにも潜んでいる。しかし、常識社会の圧力に押さえこまれていて出てこないだけだ。何かの偶然に触発されて、動きだすことが多い。

僕はまさにそれなんですね。みんな偶然のきっかけから、いろいろな能力が出てきた。意識して伸ばしたんじゃないのです。

世間に迎合するとは

自分の生き方の基本とする価値には、自分の内側から判断する価値と、世間一般から判断する価値とがある、ということです。

僕にとっては、〝自分の内なる価値〟、それが重要です。生き死にの問題に近いほどかもしれない。けれども世間からみれば、僕の内側の価値観なんてばかばかしいものです。そんなもののために一人暮らしなんて、ということになりますね。

しかし、いちばん大切な価値観は、自分の心の価値観です。中川さん流にいえば、腹の虫の価値観。〝魂〟なんて表現はあまり使いたくないので、腹の虫でいいと思う。

腹の虫が泣くとは、そういう大切なものを失うなって泣くんでしょう。

その人にとって大切なものは、社会的には、まるでつまらぬものかもしれない。

中川さんのように、腹の虫にしたがって自身の芸術をつくったとき、それは社会的値打ちなんかないものでした。

もちろん中川さんのほかに、腹の虫の命ずるままに踏み出しはしたものの、けっきょく社会的に何の値打ちも生み出せなかった人は、数知れぬほどいるわけです。画家でも作家でも、どんな人でも。しかしそれでも、その人には価値あることをしたんです。

価値とは、その人にとって大切かどうか。大切なものを守ろうとした人と、守ろうとしなかった人がいる、というだけのことですね。

社会に認められる価値を目的にやるんじゃなくて、〝自分の心の内の価値〟にしたがって生きた、ということのほうが、よほどだいじだと今の僕は思っています。

むしろ一般的にいえば、社会的に価値のあるものを生むには、自分の心の声を押さえて、世間に迎合するような仕事をする。そんな人のほうが、世間で成功する例が多いのはたしかです。

反対に、心の声にしたがって行為した人々は、世間のスタンダードに合っていないから、なかなか世間には迎えられない。

だからそんな腹の虫のような頑固なものは、押さえていったほうが世間では迎えられることになる。多くの人がそうしているし、それもいいんじゃないかとも思うな。僕だって世間に迎えられることはうれしい。

ささやき続ける心の声

腹の虫の声なんか聞いてたら、なかなか食えないですからね。

われわれも社会に生きているので、米と塩とミソは買うわけですし、家も建てたくなる。まして奥さんや子供がいたりしたら……。

人間には、心の声を押さえ、世間に迎えられるようなものをつくっていく時期が、壮年期には必ずくるものです。ちょうどその年代が、社会的にも家庭的にもいちばん責任あるころだからです。

その時期に人間は、社会や家庭からいちばん拘束される、ということですね。世間に入り、交わり、米と塩の糧をとる。その必要は、誰も認めるところです。ただし壮年期を終えて、なおかつ同じように生きるか。それとも、ある程度まで何かをやって、もう十分になったら、それから再び心の声を聞くか。

つまり自由になるかどうかは、その個人の問題になります。

というのは、どんな人にも、自分なりの自由な生き方への、無意識の思いがある。その深い思いが、ときどき心の表面にあらわれては消えてゆくうちに中年が終わる……。こういうところが、一般にはわれわれ生きている人間の姿じゃないかと思うのです。

そんな人でも、やがて社会へ適応してきた自分を、ちょっとだけズラすことができれば、また腹の虫がうごきだすはずです。

腹の虫って、一生死なないんです。

みんな持っている、誰も彼もがね。けっして芸術家だけじゃありません。

自分の心の声にしたがう。あるいは腹の虫の声を聞く。それが、自由ということの本質的な意味だと、僕は思います。

僕はその声にしたがって、ほんの少しの一歩を踏み出した。

切腹

自分の心の声、あるいは腹の虫というのは、一生死なない。なぜかといえば、それは、命だから。命と合体しているものだから。

心の声、言いかえれば、社会での欲望を超えたもうひとつの思いというものは、人間の生命に根ざしてるのです。社会で仕込まれた自分自身を、超える動きですよ。それはもう死にようがない。

〝超越的な意志〟なんて、むずかしい言い方をする哲学者もいます。

僕はむしろ、〝命の自由への願望・自由への想像力〟とでも言いかえたいと思いますが、とにかくそれは命とともに脈打っている。そして個人の命すら超えて、大いなるものにつらなっていく。

だから心の声は、脈拍が途絶えれば消えるが、そうでないかぎりは、生涯にわたって、けっして消えないものです。

ただこの声は、頭では聞こえないのですね。腹の底で聞こえてくる。

日本には、「腹黒い」とか「太っ腹」などの言葉があります。どうも英語にはない言葉です。たとえば切腹という言葉も、HARAKIRIと書く。英語に直しようがない言葉です。頭を中心に考える頭よりも深い思いのあるところ西洋では認めないことです。

自分のいちばん本当の思いを見せるには、腹をかっさばくしかない、というところから来ている。頭なんかがいくら分析してみたってわからないもの――それを開き示す！

外国人には、恐ろしく野蛮な自殺行為としか映らないだろうけれども、その根底には、「自分のほんとうの命をあなたに見せるのだ」という深い動機があったにちがいない。

そういう意味で言ったら、腹の虫と同じように、命のいちばん脈打っているところに何があるか——それを見てくれということでしょう。
より穏便な表現として、「腹を割って話す」という言葉があるのも、納得できることだと思います。

都会で働く

僕は、小学校のときは、勉強のまったくできない子供でした。ほかの能力もなかった。中学も同じで、成績も悪い、運動ばかりやっている平凡な子供だったんです。運動会の競走ではいつも一番でしたよ。

その後いろいろな文筆活動や翻訳の仕事をしたことは、なぜそうなったかと問われれば、自分でも困ってしまう。ただ自分の好きなことをしてきた、それだけなんですね。

仕事によって社会的に認められようとは思わず、自分が好きだったから、たずさわってきた。幸せなことに、たまたま好きだったことと、社会的要求とが合致したので、どうやら生活を支えられてきたといえます。

僕は大学を出て、短い会社勤めを経験しています。三年間、いちおう編集者をやったんです。十日に一度出す、文化ニュースの旬刊紙というやつです。これはかなり面白い仕事だった。

シャーロック・ホームズの翻訳で有名な、延原謙《のぶはらけん》さんが編集長だったときです。戦後のいちばんの激動期のころで、戦地から引き揚げ者が帰ってきたり、ヨーロッパやアメリカで抑留された人たちも戻ってきた。朝から晩まで、そういう人たちのところへ行っては、記事を集めたものです。

たぶん東京でもトップクラスの、忙しい暮らしだったのではないか。いわゆるジャーナリストの生活ですね。

そういえば、亡くなった向田邦子さんが、僕といっしょに隣の部屋で、映画雑誌を編集していました。彼女のことはクロちゃんって言ってたな。ああいう才気のある人たちが、若くて働いていた時代のことです。

僕もそのなかで、少しは才能を発揮してやってきたといえるかもしれない。しかし、やがて、あまりに忙しくてくたびれ果て、翻訳の仕事をしはじめました。

好きな仕事

編集者をやめたあと、僕の生活は、主に翻訳などで支えられていました。そのなかには〝専門〟の英米文学だけでなく、アガサ・クリスティーなどのミステリーの翻訳も含まれていた。

しかしどんな翻訳も、少なくとも僕はいやではなかった。いやではない翻訳をしながら、とにかく生活に少し余裕を持つことができたことは、大変な幸運だと思います。

僕のような人間に言わせるならば、生きるために必要な根本の態度は、「好きなこと」だと思うのです。極端には、「ほんとうにメシを食いたかったら、好きなことをしろ」と、へんなことを言いたい。

僕には、自分が何に向かって生きているかの意識さえありませんでした。もちろん、好きなものはあって、それは文学の世界だった。けれども、意識的に自分が何かをするということについては、僕はまことににぶい人間だったのです。つまり、半分は無意識でやってきたんですね、何についても。

ただ自分の興味にしたがう。むしろ本能、あるいは衝動、つまり無意識の部分からの声には、わりあい忠実にしたがおうとした。

それを意識化して計画をめぐらし、自分の能力をみがき、発展させ、さらに社会に入っていき、いちばんいいところを選ぶというようなことは、僕はまったくしてこなかった。

無我夢中でやっているうち、社会のほうが、僕のしていることの一部をとりだして迎えてくれた。それについては、ありがとうって感謝をし、しかしまた僕自身は、次の分野の仕事へ広がる（extend）という、そんなことの繰り返しだったのです。

牛にひかれる

だからじつにいろいろなことを、世間から見ればアトランダムに〝つまみ食い〟に近いようなことを、してきたと思います。しかし僕自身にとっては、興味が移るだけのことであって、けっしてつまみ食いの意識はない。

語学の本を書けば、翻訳もやり、詩も書き、絵を描き、随筆も書き、アメリカ文学から老子の思想、というふうに変身していくと、あの人はいったい何だと思われるかもしれない。とくに日本では、頑固一途、何かひとつの事に徹するのを善しとする精神風土がありますからね。

僕はそんな風土のことすら考えなかった。自分にもわからないところから出てくる衝動本能。その声にしたがってきた、というだけのことです——自分が少しでも自分でいたいがために。

たとえば、英訳された漢詩に出会い、その偶然が、自分のなかに隠れていたものを引き出した。

しかしこれもまた、非常に偶然のことであり、計画した行為ではなかったのでした。

だから、何かを見て興味のわくのが先で、それが発展拡大してゆく。まず、あ、これは面白いなあと感じる、その心の動きにひかれるんです。

「牛にひかれて善光寺参り」、という言葉がある。

あの〝牛〟は、つまり動物的な本能、あるいは深い声をさしていると思います。面白い言い方ですね。禅の世界にも、「十牛図《じゆうぎゆうず》」というのがあって、覚醒に至るための導き手として、やはり牛が主人公になっている。

牛にひかれて善光寺参り。俗的な意味はともかく、導くものが牛だということに、たいへん興味があります。すなわち、われわれの表面の意識が、善光寺へひきつけるわけじゃない。無意識、もっと動物的本能に近いもの、もっとゆったりとした、世間をこえた何かがそうさせるということです。

僕も、初めはそういう動物的衝動にひかれてやっていくうちに、さまざまな人やことに出会い、だんだん裾野が広がっていった。

ただ、いつも思うのは、そこに何らかの形で、僕のそれまでやってきた英語が関わっていたことの不思議さです。

価値の転用

僕の場合、専門家という意識はなかったが、とにかくエリオットをやりフォークナーをやり、英語についての辞書の話を書き、というぐあいに、英語・英米文学につねに関わってきたことはたしかです。

専門家として認められてきた部分は、さきほどの言い方でいえば「社会的価値」。その社会的価値を大切にするとすれば、自分の内に新しく動く興味は、無視して押さえつけたほうがいい。世間では、そうする人が多いのかもしれない。

その場合、ちょっと考えると二者択一にもなりそうだ。専門家としての業績という世間的な評価を守るか、心の内なる価値にしたがって、自分の専門を捨ててしまうか。

しかし僕は幸いなことに、「英語」という自分の〝専門〟の知識を生かし、内なるものにつながる世界を発見することができました。

だから誰でも、専門的なものを捨てる必要はない、という気がするんです。自分が突きつめてきたベストな部分を、こんどは自分の新しい内なる価値に転用する。

かならずできると思います。どんな専門家、たとえば〝技術屋〟で、細かい技術の世界に深入りしてきた人でも、自分の興味で深入りしたものでさえあれば、きっとそこから、自然に湧き出る別の興味に入り込める。

普通のサラリーマンでも、たぶん同じはずです。仕事に興味を抱いてやってきた人は、どこかに本当の、自分の内なる価値につながる場所を持っているはずだ。

逆にいえば、何もかも捨てて新しい世界に入っていくなどということは、ほとんど幻想です。人間は、それまでしてきたことをぜんぶ捨てるなんて、絶対にできっこないんです。それよりも、自分の経験、仕事、人生などのなかに、本当の自分に至る道が隠されていることが多いものだ。

禅の「十牛図」などは、そういうことを告げているととりたいですね。

専門分野にもいろいろあろうけれども、文学の分野だったら、アメリカ文学であろうと、東洋文学であろうと、そこにはかならず同じ部分があります。

本当にいい外国文学をやったならば、それを味わい、突き詰めるという感性の磨き方が、今度はほんとうにいい東洋の文学にも、やっぱり使える。かえって、東洋の文学を、よりよく味わえることになるのです。僕がそうでしたから。

中川一政さんも、東洋のものを後年になって吸収したとき、西洋画でさんざん追求した技術や発想が、東洋的な作品のなかに自由な形で生きたわけです。彼の字だって、たんなる書家が、過去の伝統的な技法を習ってきた書ではない。

自分の生きた字を書けるのは、むしろ、西洋画を追求してきた結果だと思います。中川さんの字が魅力あるのは、西洋のタッチが書の骨法になって、しぜんに出ているからではあるまいか。

芸術家や専門家にかぎらず、ある時点で、内なる声にしたがえるときが来るんですね、人間って。それがあなたに、五十歳で来るか、八十歳で来るかはわからない。あるいは、非常に早く来るかもしれません。

大切なのは、どんな人であっても自分のなかに、その声にしたがうことができる能力、ポテンシャリティが絶対にある、ということです。

ヘンな鳥

小学生のころ、学校で図画の時間に、自分の描いた絵を、みんなに笑われたことがあります。次にあげる文章は、そのときの経験と、最近になって起こったことの経験を書いたものです。

《宿題として描いたものを先生に提出したのだと思いますが、とにかく教壇に立った先生は、私のクレヨン画を自分の頭上にかかげて、こんなヘンな絵を描いたものがいると言い、生徒たちもみんな私のほうを向いて笑いだした。それで、私は机につっぷして泣いたのでした。

どんな絵だったか、よくおぼえています。金網製の釣鐘《つりがね》のかたちの鳥カゴに、一羽の鳥がいる図です。ただし、その鳥はカゴからはみでていました。黄色いくちばしだけでなく、尾も外に突き出ていました。

なぜそんなものを描いたのか、なぜそれをヘンだと思わなかったのか、記憶に残っていません。小学校二年か三年のことでした。

私の通った小学校は東京の下町にあり、そこでの六年間は、ただ好きなように遊び暮らしただけでした。それで、そんなにのんきに遊んだ小学生生活のなかでは、この図画の時間の出来事は、まあ私にとっては惨《みじ》めな経験だった。それで、六十年以上もすぎた今でも消えずにいるのでしょう。

いやそればかりではなくて、この幼い体験は、自分の生涯にひとつの長い影をおとすものとなりました。

子供のころの私は、ごく直感的な衝動に促されて動いたり感じたりしていて、意識的に考えたり自覚したりすることは少なかった。それで、図画の時間の経験からも、「自分は絵を描けないんだ」と短絡的にきめこんだだけで、深刻にはうけとりませんでした。

しかし、それは根深い自己暗示となったらしく、以来四十年以上、私は絵を描こうとしなかったし、美術全般にも眼を向けなかったんです。

長い大学教師時代には、ごくたまに、略画を黒板に描いて、説明したこともあります。動物や器物の略画です。説明を終わるとすぐ消したのですが、もうその短いあいだにも、学生たちは、私の絵の下手さかげんに笑い出したものです。

このような私が、五十も半ばをすぎるころから画作をはじめ、これまですでに二十回近くの個展をひらいています。

いずれも、私の画作を、面白いと思ってくれる画廊主の世話によるのです。ひとりよがりのこうした個展を見た人のなかには、私が長いこと画作しているのかと、問う人もいました。》

偶然からの画作

僕が絵を描き始めたのは、まったくの偶然からでした。

五十近くになって書を習い始めた僕は、あるとき詩の仲間たちと、「書と絵の展覧会」をやろうということになりました。

要するに〝文人画〟のつもりだったわけですが、僕はそのときこう思った。

「僕自身の詩や自分が英語から訳した詩を、画面に書いてみよう。それと、僕の絵らしきものをいっしょにすれば、なにか僕の世界のようなものができるのではないか」

こんな単純なきっかけではじめた文人画でしたが、右の文章にも書いたように、それを認めてくれる画廊主がいて、今までの十三年ほどで、けっきょく二十度くらいも個展を開いてもらえるようになりました。

声を大きくしてこのことは言っておきたいのですが、誰にでも、まだ自分で気づいていない才能があります。偶然の出会いが時には必要ですが、それによって人は自分の内なるポテンシャリティを目覚めさせることができる。人生を生きていくための大きな希望として、このことを信じてほしいと思います。

どんな人でも、たえず何かを無意識のうちに求めています。

それに対して、社会的に必要な部分は意識的に獲得しようとする。お金にしても、食べ物や地位にしても。そしてあるとき、偶然に出会い、内なる声の存在に気づく。

出会いの瞬間には、法則なんてありえないんです。みんなが自分だけの出会いに招かれる以外にない。

たとえば壮年期に、僕は白楽天《はくらくてん》（白居易）を読んで、心を打たれなかった。ところが後になって、偶然に英語の訳で読んだとき、じつによくわかって嬉しかった。それはある程度、無意識の世界の深まりができたあとでの、出会いなのでした。

だから出会いとは、偶然に見えるけれども、その裏には必然より深い意味があるというふうに、僕は思います。

僕は非常に偶然を信じる人間です、必然よりも――。次にあげるのは、そんな僕の心境と、大徳原の小屋での出来事を描いた詩です（詩集『離思』より）。

天の窓

台所《キチン》と畳部屋の間には
四枚の白襖《しろぶすま》がある。
その一枚には、赤松の疎林が描かれて、下に、
蘇東坡の詩が墨書きしてある。
おれのいたずらがきだ。

与莫同年雨中飲湖上

到処相逢是偶然　夢中相対各華顚（注）
還来一酔西湖雨　不見跳珠十五年

晩夏のある夕方、
炊事と喫飯のあと皿小鉢を洗い
それから（主婦がよくするように）台所に
ぼんやり座ってあたりを見廻していた。
すると
到処相逢是偶然の白襖と
東側の壁のつくる三角の空間に
一匹の蜘蛛が動いているではないか。
まだ秋も浅いころだから、
その女郎蜘蛛は若かった。華やかな
黄の縞の腹部をこっちに向けて、
半出来の巣に逆さ吊りになって
糸を加えてゆく姿は

サーカス少女のあの
孤独なしなやかさを思い出させた
おれはテーブルから立ちあがって近づき、
顔をちかづけたが、彼女はまったく
恐れもせず働きつづけたからおれは
思わず話しかけた――

おい、ここは家のなかだぜ
それにまだひとが住んでるんだぜ
あそこのほうが、ここよりいいぜ、

ガラス戸の外の軒燈には
明かりを慕って

蛾や羽虫が寄りあつまっていた。

おまえ、なぜこんなコーナーに
巣をかけるんだい？
獲物なんかこないぜ。それともお前、
到ル処相逢フハコレ偶然
を信じるってわけか。
若いからなあ、お前は——

おれは立ちあがって、次の間にゆき
林の上に暮れ残る空を窺《のぞ》きあげた。
おれもそうだった。若いころからおれは
　到ル処相逢フハコレ偶然

を信じこんだものだ。
なぜか知らんが
偶然は自分より高いところから来る、と思いこみ
「偶然に出逢った人」の手を握りしめ、離さず、
いつも森の小径へ入っていった――
森の奥にはきっと
『自由の閑地《あきち》』があってそこでは
銀ヤンマが勇ましく飛びかい
小鮒の群がやさしくきらめき、そこでは
おれとその人も解き放たれて――
と信じていつも
小暗い径をすすんだものだが、いつも
「必然」の小径に迷いこみ
気がつくと森から出ていた。

愚の一生、おれはこの「森への冒険」を
いくど繰り返してきたことか。
そして人生の暮れ方のいま、ここにいる――山裾の
森へとつづく林の入口の小屋に
ひとりで――

おれは台所に戻って
蜘蛛の巣の前に立ったが、
今度はくつろいで
すこしユーモラスな気持ちだ。というのも
熱心に巣を編みつづける若い女郎蜘蛛に
ア・グッド・ニュースを思いついたからだ――

いいか、お前はここで

あと三日だけ我慢するんだ。
四日目におれはここを出て
あの大きな都会にゆく。
その日には、台所の天窓をすこし
開けておいてやるよ。そしてここに
小さい明かりも点けておくぜ。

それからふと思った――まだ
おれにも誰かが、
そんな天窓を開けてくれるかもしれんぞ。
相逢是偶然のチャンスを
くれるかもしれんぞ。

おれは笑いながら立ちあがる。

若い女郎蜘蛛はいま、
こちらに腹の裏側をみせて
逆さに吊り下がって休んでいる——
「偶然は高いところからくる」と
あたかも知っているかのように——

（85ページの注）

到處相逢是偶然　到る處相逢《あひあ》ふは是《こ》れ偶然、
夢中相對各華顚　夢中《むちう》相對して各おの華顚《くわてん》（白髪）。
還來一醉西湖雨　還《ま》た來《きた》りて一醉《すゐ》す西湖の雨、
不見跳珠十五年　跳珠《てうしゆ》を見ざること十五年。

（加島意訳）人って至るところで偶然に出会うものだね。また、君と出会って、夢のような気で白髪を眺めあう。君と西湖に遊んだとき、「夕立がきて、雨が玉のように船におどりこんだ」
という詩を書いたが、あれは十五年前のことだったなあ。

第3章　老子への道

ヴィジョン

《この大きな谷では、中心の天竜川に向かって、東西の連峰から幾つもの川が流れこみ、それぞれの川が独自の渓谷美をつくっている。私の小屋の前にある中田《なか》切《ぎり》川の谷も、そのひとつだ。

夏の滞在はやや長いから、ときには握り飯を持って、近くの丘や水辺を探遊するようになったが、四年目の夏のある日、この中田切の谷を遡ってみた。

それは、高い空木岳《うつぎだけ》からひと息に流れ下る川であり、その深い谷の崖に沿って進むと、すぐに山懐へはいりこむ。瀬の音を聞きながら歩いてゆくと、間もなく高い堰堤《えんてい》に出た。その頭からは豊かな水が幅広く落下している。右手に急な坂のあるのを見て、それを曲折して登りきると、川原に出た。

澄んだ水が二筋三筋とわかれて流れ、大小の白い石の散る川原を新緑の林や崖地がかこんでいる。仰ぐと、夏空が濃いブルーにひかっていた。

私は握り飯をたべ、冷たい流れに両足を浸し、「ああこの水は人間にはじめてふれる水なんだ」と感じたのを覚えている。

それから、白い大きな岩の上に大の字に寝ころんだ。目をつむると、網膜に陽の光がオレンジ色に反映し、耳もとに水音が高まった。岩にくだける水のひびきは、細かく千変万化しながらひとつのリズムとなっていて、そのリズムに聞き入っているうちに眠りこんだ。

目を覚まして、自分がどこにいるのかといぶかりつつ身を起こすと、あたりの光景が実に明晰に目に映じた。川原の白い岩や石のひとつずつ、崖地の木々の枝ぶりや、葉の茂りぐあいまでがくっきりと見てとれた。木々の緑の濃淡の、微妙なグレードもよく見わけられた。

空のブルーはことさら濃く澄みわたり、そこからの光に、川原のすべてが「冴えかえり静まっている」という感じだった。

そのヴィジョンに驚き呆れていると、水のひびきが耳によみがえり、やがて視界の鮮度は、すっと薄れていった。

この束の間のヴィジョンが強く心に残ったせいか、私は、夏と秋には、よくこの川原を訪れるようになった。ここにきて、空からの光と流れの水音に身をゆだねていると、下の小屋にいるときの自分ではない別の自分になる——もっと生きたものになる——そういう感じなのだ。

こう書いて、改めて考えられるのだが、町にいるときの私は、「料理された存在」なのだ。長いこと煮たり焼いたりされていて、「芯」のあたりだけが、ようやく生《なま》で残っている。伊那谷の小屋にくると、そのあたりが、やや敏活に動きだす。

それが喜びなのだが、あの川原で眠りこんで目を覚ましたときの私は、一瞬だが「生《なま》の感覚だけのもの」だった。

ああいう感官の鮮烈な反応は、少年期にだけあったと、かすかに記憶する。それで私はこの川原を、この年になっても少年のように、「秘密の場所」とよんだりするのだ。

親しい友がくると、まず勿体ぶって、「今日はぼくの秘密の場所に案内しよう」

と言い、それから連れだって、谷川沿いの唐松林に入ってゆく。》

小さな漢詩英訳集

五十代までの僕のおもな仕事は、翻訳でした——とくに、アメリカのウィリアム・フォークナーの作品の翻訳でした。

フォークナーは非常に難しい作風でしたが、単なる技巧派ではなく、人間の情念を高めようとした小説家で、取り組むだけの値打ちのある人だった。

そのほか、お金かせぎに探偵小説を訳したり、ユーモア作家を訳し、ユーモア論を書いたりもしていました。詩は書けなかった。心よりも頭を働かせていたんですね。

壮年期を過ぎてから、京都へ遊びに行ったとき、ある本に出会ったことがきっかけで、大きな転機がおとずれました。

河原町の丸善に立ち寄って書棚をながめているうち、CHINESE POEMSという小さな薄い本が目についた。英訳の『中国詩集』という本だったんです。

何気なしにそれを買い、帰りの車中で読みはじめました。名古屋をすぎたあたりだったか、思わず口から、こんな言葉が出ていた。

「へぇ。漢詩って、こんなに面白いものだったのか」

そのときは、自分の読んでいる詩人が誰なのか、さっぱりわからなかった。英語でTAO CH'EN とか、PO CHUI とか記してあるだけだったからです。あとになって、前者は陶淵明《とうえんめい》、後者は白楽天（白居易）だと判明しましたが。

この英訳詩集に含まれる中国詩は、唐の時代のものが主でした。それが実に親しい口語で訳されている、まるで萩原朔太郎《はぎわらさくたろう》の詩を読むのと同じような、スリリングな感覚さえ、おぼえたほどです。

とくに白楽天は、「なんとまあ、率直に人間の感情を語る詩人なのか」との思いがわきました。それまで白楽天の詩は、漢語の原詩と訓《よ》み下《くだ》し文で、少し読んだことがあったけれど、興味は持てなかったのです。

私の読んだのは、アーサー・ウェーリー英訳。ウェーリー（Waley, Arthur：

一八八九〜一九六六）という人は、イギリスの東洋学者であり、中国や日本の古典を翻訳したことで知られている人物です。日本では『源氏物語』の最初の英訳者として名高く、正宗白鳥《まさむねはくちょう》の「アーサー・ウェーリーの『源氏』を英語で読んで、『源氏物語』の面白さがわかった」という話が有名です。

その彼の漢詩の英訳には、まるで口語体で書かれているような、しゃべり言葉の生き生きとしたリズムがありました。文語体の難解さはなく、白楽天が直接、僕に話しかけてくるような気安さがあったのです。

アーサー・ウェーリーは『源氏物語』だけでなく、中国の詩の訳者として、英米の読書界では有名でした。彼の英文を通して、初めて漢文学、漢詩の面白さを知った人はとても多かった——僕もそのひとりというわけです。

京都でのこの偶然の出会いで、僕は中国の詩への目を洗ってもらった。東洋人なのに英訳から漢詩を味わうなんて、かなり皮肉なことです。しかしこれが、僕の「面白がる心の発達方式」であり、ここからたぐりだしたんですね。

この本がきっかけとなって、ウェーリーによる他の英訳を探し始めた。そしてみつけたのが、彼の英訳になる、老子の『道徳経《どうとくきょう》』の英訳でした。

明快な老子

老子とは、いうまでもなく、紀元前五世紀の中国、春秋戦国時代の思想家です。残された老子の言葉は、『老子道徳経』（たんに『老子』とも呼ばれる）全八十一章としてまとめられています。

ウェーリーの英訳した『老子』を読んで、僕はたちまち、老子に魅せられました。この出会いは鮮烈でした。

とにかくまず第一に、自由な発想のすばらしさであり、第二に老子という人が、とても明快に考え方を述べる人だということでした。

老子ときくと、日本では、たいていの人がワカラナイと思っている。わかったようなわからないような思想家として受けとめられている。難解な古い原文を直訳した訳文のためか、老子の戸口にもたどりつかない段階で、追い返されてしまうのでした。僕もまったく同じ体験をしています。

ところが、ウェーリーの英訳は、ごく普通の言葉に言い換えてあった。

もちろん、『老子』を英語に訳した本は、ほかにもたくさんあります。有名なのは中国人の文学者で、後半生をアメリカで暮らした林語堂《りんごどう》の翻訳、ドイツのヴィルヘルムという人の独訳が英語になっているもの、ドイツ人とともに鈴木大拙《すずきだいせつ》が訳したもの。

それらから始まって、じつにたくさんの人が老子を訳している。私が読んだ当時でも、五十種類はあった。今なら八十種類くらいあるんじゃないか。

その後も現代まで、翻訳は続けられている。「聖書に次いでもっとも英訳の数が多い」のが、『老子』なのです。

なぜでしょう。僕らにはちょっと考えにくいことですよね――仏典や孔子の『論語』などよりも、老子の『道徳経』のほうがずっと多く英訳されているなんて。

理由はもちろん、老子の言葉が、彼らにはじつに魅力あるものだからです。では、なぜそんなに魅力があるのか。西洋で、しかもこの二十一世紀に？

一つは、それまでヨーロッパの追いつめてきた哲学は、どれもが理性で考えた哲学だったことがあげられます。ヨーロッパは、徹底した理性的な思考で社会の法を作り、制度も思想も作っていった。しかしそれが、二十世紀になってすっかり行き詰まったというふうに、インテリは感じたようです。

そんなとき、鈴木大拙が最初だけれども、東洋の仏教が、〝理性を超えた向こうにあるもっと大切なもの〟を伝え始めた。

その影響が大きかったと思いますが、老子のタオ（道）の思想には、彼らの行き詰まった精神状況を解放するものがあった。

翻訳が続くもう一つの理由は、英語圏の彼らが、『老子』を「詩」として受けとめているということです。しかも、人間の詩として！

人間の詩として読む

『老子』を〝人間の詩として読む〟とは、どういうことか。

彼らは『老子』のなかに、いま自分たちの心をうごかすものを、積極的にとらえようとしているのです。

もともと「詩」には、美しい感情表現の母体となる叙情詩のほかに、物語や劇的状況を示す叙事詩などがあります。また逆説や神秘性、飛躍した想念といったものが、生き生きとしたリズムとともに表わされるならば、ヨーロッパ人は、それを「詩」として、喜んで受けとめる。そういう下地があるのです。

彼らは、『老子』の短い言葉のなかに、現代の人が切実に求める、卓越した思想表現を見出しました。そしてそれを、ただの平板な英語に直すのではなく、話し言葉のリズムで、生命力あふれる偉大なスピリットを表現しようとしたわけです。

これまでの日本の『老子』訳は、そのどれもが、「口語の現代詩」からはほど遠いものでしたね。『老子』の微妙な思索の表現、想いの深さが読み取れない。

ただし、僕が『老子』を訳したのは、偶然の機会からのことでした。そしてじっさいに訳すときになって、僕はいくつかの『老子』英訳を元にして、話し言葉の詩に訳したのです。このあたりのことは、『伊那谷の老子』という本に書いています。

水のように

何よりもすすめたいのは
「水のようであれ」ということだ。
水はあらゆるものに生命を与え
あらゆるものを養いそだてる。
そんな大変な力をもっているのに
争わないのだ。
人のいやがる低いところにも

流れ込んでゆく。そして
タオにつながる人もまた水に似て、
低いところを好む。
心を求めるときは
もっとも深いところを喜ぶ。
（後略）

これは、僕が現代口語詩に訳した『老子』の、第八章の一部です（PARCO出版『タオ――ヒア・ナウ』より。以下の『老子』の引用も同じ）。

訳文中に出てくる「タオ」というのは、「道」の中国語の発音。老子の思想の骨格をなすキーワードですが、ここではかんたんに「すべてにつながる大きなエナジー」とだけ、おぼえておいてください。

こんな数行でも、イメージと、人生への洞察の、みごとな融合が感じられるでしょう。そして明快きわまる比喩も。これが老子の表現の本質だと、僕は思っているんです。

もうひとつ、先回りして言っておけば、何か抽象的ともみえる根本の概念をもちいるときでも、それがかならず、ごく普通の人の、普通の日常生活にも役に立つような方向に、転じてゆく。これもまた忘れてはならない、すぐれた老子の特長のひとつです。

ところで僕は、商家の生まれです。商家というのは、考え方の土台に合理主義のところがあった。

それから次に、僕は英語文学をやりましたが、英語の文学は、みんな合理的な文章ですね。フォークナーなども、難解さの底に合理性があります。そうでないと、難解とはいえない。つまり、解こうと思えば解けるということです。僕は、そういう合理の世界にどっぷりと浸かっていたわけです。

そのような僕が、理性を超えた老子のヴィジョンに、なぜ心をひかれたのでしょうか。

たぶんその背景には、伊那谷での、あの数々の体験があったと思いますね。

名前のない領域

老子は、理性を超えた世界を、まず語ろうとした人です。しかも合理的に！　原典の最初の言葉からすでに、「タオとは、名付けようのないものだ」と語っている。「名が付けられたら、タオではない」とね。

これが道《タオ》だと口で言ったからって、
それは本当の道《タオ》ではない。
これが道《タオ》だと名付けたからって、
それは本当の道《タオ》ではない。
なぜって、それが道《タオ》だと言ったり、
名付けたりする君自身が、
道《タオ》にふくまれるからだ。
人間が名付けるすべてのものや、

ものを知ったと思う人間たちの向こうに、
名のない道《タオ》の領域が、はるかに広がっている。

その名のない領域から、
まず天と地が分かれ、
天と地のあいだから
数知れぬ名前がうまれてきたというわけなんだ。

だから、この名のない領域を知るためには、
欲を捨てなければならない。
欲をなくすことで
はじめて真のリアリティが見えるのだ。
人は名のあるものに欲をおこす、そして
名のついた表面だけしか見えなくなるのさ。

名のない神秘の世界と、
そこから出た数知れぬ名のあるもの——
このふたつは、同じみなもとから出てくる。
名がつくことと、つかぬことの違いがあるだけさ。
名のつかぬ領域。
それは、闇に似て、
暗く、はるかに広がっている。
その向こうにも、暗く、はるかに広がっている。
その向こうにも……
それを、宇宙の神秘と呼んでもいい。
その神秘を分けていくとき、人は本物のいのち、
Ｌｉｆｅ Ｆｏｒｃｅの入り口に立つのさ。

これが、私の訳した『タオ――老子』の第一章です。

「人は名のあるものに欲をおこす」などという表現からは、今のブランド志向を思い出して笑ってしまいますが、とにかく、とてつもなく巨大なものについて、老子が語ろうとしていることは、おわかりいただけるでしょう。

非合理を合理的に語る

言葉でつかまえようのない非合理の世界について、老子は言葉で語ろうとした。伊那谷での僕のさまざまな体験も、言葉でつかまえようがなく、しかも間違いなく動き、はたらくものでした。そうとしか言いようのないものでした。

僕が、英米文学をはじめとする外国の文学ばかりやっていたことも、老子との出会いの下地になっていたと思います。なぜかといえば、くりかえしますが、老子は非合理なようでいて、すごく論理的な人だったからです。

ここで論理的という意味は、「論理的に、論理的でないものを説こうとしている」ということ。〝われわれの言葉はそもそも論理である〟という以上に、老子の論のすすめ方は、合理的なものなのです。

たとえば第二章で、「世の中に美しいものがあるのは、醜いものがあるからだ」と言っている。また「善いものがあるというのは、悪いものがあるからだ」などと……。

なんとなく、シェークスピアの「きれいは醜い、良いは悪い」のレトリックを思わせるものがあります（『マクベス』冒頭の魔女のセリフ）。シェークスピアもまた、人間への鋭い洞察を、巧みな言い回しで表現した人でした。

言葉の限界に向かって

美しいものがあるのは、醜いものがあるからだ。

善いものがあるのは、悪いものがあるからだ。

……さて、これらはどういう意味なのでしょう。

英語ではこうしたことを、inter-dependence〝相互依存〟といいます。互いに離れられない、二つのもの。

普通でもそういうことは考えつく。表現としてはありがちなことだから。しかし老子は、さらにそれをもう一歩すすめるんです。つまり、「あらゆるものは、片方だけでは存在していない」というわけです。

「どんなものでも、もう片方がなければ存在しないんだ」という言い方をする。

これをさらに論理的に押しすすめていくと、「どんなものでもそうだ」ということである以上、「在るものとは、無いものがあるから在るのだ」ということになりますね。

そして老子は、「無いものと在るものとが一体になった状態は、言葉では言えない」ということを伝えようとするんです。

ちょっとわかりにくいかとも思いますが、言葉というのは、そもそもデジタル、つまり細かく分けていくものですね。

だから〝こちらは善、あちらは悪〟などと、対象を特定するようなことは言えるけれども、「それらの合体、二つのものは一つ」という総合の状態は、どうしても表現できないんです。

このような言葉の限界の向こうをやすやすと言いきって、論理や合理を超えたものの存在に、人を導いていこうとする。

「生きているということは死があるからだ」

といえば、生と死の両方を含む〝ある状態〟から、人間が出てきていることがわかるわけです。

つまり分かれる前、人間が分析する前をつかまえ、それを分かれた言葉で、何とか伝えようとしているんですね。

双魚図

ここに一枚の絵、「双魚図《そうぎょず》」といわれるものがあります。いま述べたようなことを原理として表わしていて、老子の道《タオ》の思想がとてもうまく語られています。

この「双魚図」は、このごろいたるところで見かけるようになりました。アメ

リカから入ってきたものらしく、デザインにまで使われていますね。もともとは、中国の宋の人が最初に創ったもので、「太極図（陰陽図）」といい、道の原理を表わします。その意味は……。

白い魚があるのは、黒い魚があるからだ。その逆も同じ。

この白い魚と黒い魚を分けている線――は、黒い魚のものではなく、かといって白い魚のものでもない。

どっちの魚のものでもないけれど、同時にどっちの魚のものでもある。そうでしょう？ ここのところは、一つの言葉で表わせない、まさに「分けられない」状態を描いていることになります。

なお近ごろは、女性たちがこのデザインのものを好むようです。それはこの図が〝混沌〟という原理とつながっていることを、彼女たちが直覚しているからかもしれない。思いすぎかな？

分かれる前

「タオ」というのは、「分かれる前」なんです。だから言葉にしたらもう、本当は失われてしまう。

分かれる以前とは、僕の体験に即していえば、たとえば木の葉が一枚一枚、ひたすらクリアーに見えたときでしょう。すべてがそこに、あるがままの形で開かれている感じ、とでもいうか。

そのときには、見ようという意志の力、つまり頭で考えた理解はなかった。

しかしそのあと、たちまち「あれは木、あれは葉、あれは小石」という「名の付く世界」が来る。

とたんに、僕の視界は、〝ふつうの〟分割意識の状態にもどっていったのです。

こうした体験を通して、僕が谷で味わうものと、老子の説こうとしている世界とが共通している、という実感が出てきたんですね。

伊那谷に来て、そういうことを少しずつ教わってきました。

ほんの少しずつ。一度になんか、僕にわかるわけがない。まずこの谷での体験があり、次に『老子』を読んで、自然といういちばんの教科書が、僕の合理細胞に穴をあけてくれたからでしょうね。

「汚い」と「美しい」

名のない神秘の領域から、
天と地が分かれた。
この天と地の世界では、
ものに名がつくし、観念にも名がつく。

ところで、美しいものと醜いものがあるんじゃない
美しいと名のつくものは、汚いと名のつくもののおかげで
美しいと呼ばれるんだ。

おたがいに片っぽだけじゃありえない。
善だって、そこに悪があるからはじめて、
善として存在するんでね。
悪のおかげで、善があるってわけだ。

同じように、
いま存在しているものも、
存在しないものが裏にあるから、存在しうるんだ。
ちょうど、難しいことと易しいことが、
片っぽだけじゃあり得ないのと同じさ。
「長い」といったって、短いものと比べるから長いのさ。
「高い」といったって、低いものがあるから高いんだ。
歌だって、声とメロディーがあるから、歌なんだ。
「前」という観念だって、「後」があるからのことなんだ。

だから、本当に賢い人というのは、あまり手軽に判断しない。
こうと決めたって、ことは千変万化して、
絶え間なく動いてゆくからだ
このタオの本当のリアリティを受け入れるとき、
君は何かを造っても、自分の腕を誇らなくなる。
よく働いて成功しても、その成果を自分のものにしなくなる。
仕事をし終わったら、忘れてしまう。
すると、かえって、
その人のしたことは、ほかの人々に深く沁み込むのだ。

これは、『タオ――老子』の第二章です。
ここには、老子のみごとに明晰な論理と、人生への暖かいサゼッションとが共存しています。それを、なんとか生きた実感とともに伝えたいと思って、大胆にこういう訳にしたんです。いままでの難解な日本語訳では、このへんの消息が、あまり表現されていなかったと思います。

コップの中身

老子というと、どうしても「虚」とか「無」という言葉が出てくる。ちょっととっつきにくい観念のように思われがちです。じっさいのところはどうなんでしょうか。

たとえば老子は、「コップはその中の空虚な部分があってこそコップなのだ」と言っている。これならひじょうにわかりやすいし、論理的な考え方です。

家だって、物がつまっていたら家じゃない。中が空間《からつぼ》だから人間が住める。虚、空があるからで、空っぽだから使えるという。じつにすごい言い方です。

英文だと、そういう理屈がよくわかるんです。いま僕が言ったように英訳しているからです。しかし、漢文の原典や日本語訳で読むと、何を言ってるんだかどうにも理解できないことが多い。

もともと、英語圏の普通の人も、無「nothing」とは「何もないことだ」と思っていた。しかし『老子』の英訳を読むと、本当はそうじゃない、無があってこそ容器は役に立つ。

そういうアングルから見ると、「空間があってこそ、ものがある」ということの見方は、非常に新鮮で革新的だったと思いますね。ヨーロッパの理性からは、どうしても出てこないものだったに違いない。

そうなってみると、この〝論理〟はあらゆるものに当てはまる。そして「どちらが重要か」と言ったら、「〝無い〟のほうが重要なんだ」となる。

老子の偉大なところは、その論理を「日常の、いかに生きていくか」という部分に、いろいろ当てはめていくところです。「虚無の哲学」なんていう観念論には、ぜったいにおちこまないんです。

人間だって、頭の空っぽな人は、無用のものに思われがちですが、老子は、その空っぽこそ、大変なエナジーに満たされる条件だと言うんです。

老子はけっきょく、これらのことを、哲学として述べているのではないのです。世の中でゆったりと生きるにはどうしたらいいかを、実践的に語っていたのです。しかもその言い方が、じつに効果的だ。人が歳をとってくると、より身に沁みてわかるような言い方ですね。

二元論からの自由

いっぽう老子の表現には、〝哲学の根本にかかわる大胆な思想〟が、含まれています。それはおうおうにして、ヨーロッパの哲学に対し、根本から発想の転換を迫るものになっている。たとえば「二元論」がなくなってしまうのですから。

西洋では二元論が主になっています。神・悪魔とか、主観・客観とか、善悪とか、すべてデジタル、2で割りきれるような発想で成り立っている。社会の仕組みなども全部そうです。

そしてそれらはつねに〝どちらか〟としてしか、存在しない。神が同時に悪魔だ、なんてことは、ありえないんですね。「有」が同時に「無」である、などということもけっしてない。神なら神が唯一絶対のものとして、世の中に君臨していくことになる。

しかし老子の考え方によれば、「無は同時に有である」「神は悪魔がいなければ存在しない」という方向に跳躍していきます。

そのようにひと跳びすると、人間は、これが絶対だという価値観によって何かをすることがなくなるんですね。つまり、もっと自由になる。

ここが老子のいちばんすごいところだと思う。いま改訳しながら、老子のこの点を、しきりに考えています。

僕は、最初の小さな英訳本から漢詩に導かれ、やがて漢詩の世界から、老子にも導かれていった。

たどりついたのは、東洋の価値観の世界であって、そこは、西洋の二元的な価値観とは違っていた。そうしてはじめて僕は、自分のなかに本当のバランスが生まれたことを知ったのです。

だから、何が機縁になるかはわかりません。僕は、自分でやってきた英語の道を通して入ってきている。英語を捨てて漢詩から学んだのではないのです。英語圏の人々が、中国の詩や哲学、老子の哲学などを英語に直すときには、彼ら流のわかり方をしようとします。

たとえば、さきほどの「無」なども、nothingness という当たり前の訳にはじまって、non-being（非在）、the space where there is nothing（何もないスペース）、あるいは the center space（中心の穴）、the empty innermost（空なる内奥）などと、じつにさまざま。自分の訳の文脈によって、いろいろ使い分けているわけです。

僕にとっては、そのいくつかの訳語で、「無」の意味が立体的にわかったりしたこともあった。

ただ結果的にみれば、僕はあくまで東洋人です。老子を完全に彼ら流に取り込むのではなく、僕のなかでバランスがとれるように納まっていっただけのことです。

英詩も同じ

僕が英語の訳で漢詩を読んだ場合も、同じようなものでした。原文の漢詩は、どうしても心の奥深くまで感じ取れなかった。しかし英訳された漢詩なら、ずっとよく理解できたのです。

そのことによって、漢詩についての意識、そして自分自身の意識にも、非常にいいバランスがもたらされた。たとえば白楽天の「夜泊旅望」の英訳から、こんな翻訳をしてみました――。

「長い船旅」

なすこともなく日々を重ねると
夢は浅くなり
愁いばかりが深くなる。

今宵もふと目覚めて
思わず故郷のほうを眺めた。

岸辺の砂は月の光を融《と》いて
金色にかがやいている。
高い帆は霜を浴びて
ことさらに白い。

海に近づいて　河はますます広くなり
秋を迎えて　夜はますます長くなった。
もう三十度も霧と波のなかに眠ったが
まだ目指す港には着かんのだ。

この漢詩の原文は、以下のとおりです。

少睡多愁客　中宵起望郷
沙明連浦月　帆白満船霜
近海江弥闊　迎秋夜更長
烟波三十宿　猶未到銭塘

《たとえば、この漢詩のなかの対句「近海江弥闊　迎秋夜更長」をただ訓読して、「海ニ近ヅキテ江《カワ》ハイヨイヨ広ク、秋ヲ迎エテ夜ハサラニ長シ」と読むだけでは、私はそこに、詩人の心を感じとれなかっただろう。しかしアーサー・ウェーリーの英訳(注)を読んだとき、この二句からは、長い船旅にある詩人の感懐がよく感じとれた。

海に近づいて、川がさらに広くなるという具体的イメージ、秋になって夜が長く日が短くなるという寂寥感、地方へ転任となった彼の人生の不安な気持ちなど

が、いわば白楽天から私にじかに伝わってきた。ウェーリーの英訳にはそういった言葉づかいがあった。》

日本の詩、短歌、俳句も、ずいぶん僕は読みました。

しかしそれらはあまりに僕と同化しすぎて、意識の深くで感じとる以前に、もっと感覚的に同調してしまうことが多かった。漢詩のもっているような、あの深さと面白さ、理屈。そういうものは、日本の詩に感じとれなかったのです。

漢詩は、イギリスの詩と同じように人生を語っています。それに加えて、理屈もちゃんとつけている。

しかし漢詩を和訓や直訳で読むと、理屈の部分が見えてこないんですね。英訳ではそれがよくわかる。なぜなら、英詩じたいも理屈と感情とがないまぜで、人生への考えと感慨を、同時に語っているものだからです。

そのような語り口が、漢詩とぴったり合う。英訳者たちもまた、中国の詩からすぐれた作品を選んで、じつにうまく訳していますね。

おかげで僕は千年、千五百年も前の中国詩人を、いま生きているように考え、感じたのです。

けっきょく、漢詩の英訳に心を打たれたのは、英語の訳文そのものに打たれたのではなくて、やはり中国の詩人の心に打たれたのでした。

中国の詩に心を打たれたとは、その詩にこもる人生への感懐に打たれた、ということなんです。


（129ページの注）ウェーリーの英訳の二行

Nearing the sea, the river grows broader and broader,
Approaching autumn —— the nights longer and longer.

門と木

漢詩には、〝閑適詩《かんてきし》〟といわれるジャンルがあります。

少し世間から離れ、静かになったときの、心のありさまを語る詩です。僕はそういう詩に心打たれるものを感じました。

そんな詩を、僕は無意識に求めていたんだと思います。それは僕だけではなくて、現代の日本、いや洋の東西を問わず、近代化された以降の世界中の人間が、求めているはずだと思います。

心の底で、もっとのんびりした生き方をしたい……。

「閑《ひま》」という字は、門という字に木を書きますね。門を木のカンヌキで閉ざすから、閑という。世間とあんまり行き来しない、ドアを閉ざして少しのんびりしたい、という気持ちが「閑」。

僕は神田の町の、もっとも閑でない環境に生まれ育った。そして、近代の合理主義的な世界の、いわばモデルケースでもあるアメリカ文学に深入りした。

つまりいちばん活動的で、積極的な生き方をしている世界にあった僕が、やがて〝閑〟を発見したということは、偶然だけれど、とても大きなものだったといえます。

人間は、ある程度つきつめたら、そこから急に反対方向にもどってくるのでしようーーバランスをとるために。

頭の回転度

僕を育てた日本の文化の根元には、そういう〝閑〟の世界、静かだったり、柔らかかったりする意識が横たわっています。しかし実際には、僕は若い時からずっとそういうものに、ほとんど触れることがなかった。

英米の世界は激しいですからね。理屈はピシャッと通る。日本人のノンキな感覚とくらべたら、大変なシャープさです。

日本がアメリカナイズされたというけれど、頭の働きはアメリカナイズされていない。アメリカ人の頭の働き方は、なかなか速いのです。僕も英語でしゃべっているときには、日本語のときの頭の三倍くらい速い働き方になってしまう。

アメリカ人がひとこと言えば、こっちもパッと察して言い返す、というふうに頭を働かすんです。そうしないと、彼らとペースが合っていきません。

僕の育った神田あたりの人は、頭も口もじつに速く動かす。たぶん日本ではまず、いちばん速いほうです。それなのに、それより速くないと、ふつうのアメリカ人との会話には間《ま》があくんです。

アメリカ人は、だから〝閑〟という境地をもたないですね。ただし、『ウォールデン（森の生活）』を書いたソローなどは、少しは閑の境地をつかんだ人のようですし、一般に彼らは目的をもって働き、それが終わったときは休息するという人生を知っています。だからアメリカ人は、休む楽しみを知っているんです。ただ、〝閑〟の境地とはちがう。

東洋、日本では、むしろ〝閑〟が心のベースになっていた。東洋には、〝閑〟をどこかでずっと大切にしてきた文化があったのです。

そのことを、僕は英語の世界から逆に入って、知り始めたといえます。さらに伊那谷で何日かを過ごすような日々を通して、ゆっくりと実感していったのでしょう。

そして、ひとつのバランスが生まれました。英米的な合理性でつきつめたような世界と、それから〝閑〟の世界とが、ともにあるバランス。

ただし、ずっと後年のことです。自然ばかりか僕の年齢が、そんな世界へ向かう準備をしてくれたのでした。

happening

しばらく前に、僕は「料理されている自分」ということを言いました。そして伊那谷では、そこからしだいに生《なま》の自分に戻っていくことも。

都会の日常生活では、いつも、〝あっちこっちに引っ張られている意識〟があります。しかし伊那谷へ来ると、そんな意識が遮断される。意識が内側へ向かうんです。日常生活で眠っている内側の部分、まだ料理されない部分が、そこで出てくる。

〝閑〟をわれわれが求めることの意味は、そういうものだと思います。

そうすると不思議なことに、その空っぽの心から、詩の言葉が出てくるんです。

それも考えた言葉ではなく、感じたものとして。

その言葉をとっつかまえて、僕は詩にしている。

詩を創るぞという意識では、まったくない。あえていうならば、起こることを待っている状態です。ハプニングhappeningを待つ。

はじめに胸中に起こる詩行は、ハプニングに近いものです。次には、その意味を正しくとらえて、詩にしてゆく。

そのためには、今までのいろいろな経験が加わります。読んできた本、たずさわってきた仕事、人との出会いと交わりの感情。けっしてオートマティックに、すぐ詩になるわけじゃありません。

最初に起こってくるものは、いわゆる世間的な日常性から抜け出て、自分の内からひょっと出てきた部分。マインドではなく、ハートの部分です。

情――日本流の「心」

英語で「emotion」という言葉があります。「感情」「情緒」と訳されています。「情念」でもいいでしょう。

そのemotionと密接に関連したところが、ハートであり、マインドはロジック・理性と関連した働き。

そういう分け方が、英語圏ではかなりハッキリしているんです。

しかし前にも述べたように、日本語の「心」という言葉は、頭や意志の働くときにも使うし、ハートや情念の働くときも用いる。

だから「人の心」と言ったとき、それはその人の「意志」の意味であったり、その人の「情」という意味だったりする。曖昧なんですね。

僕は人間の心理を明確にするには、心なんていう曖昧な言い方よりも、「頭」と「情念」に分けたほうがいいんじゃないかと、長いこと思っていたんです。そのほうが、人間の心理の理解にはより良いとね。

でも漢詩を知り、『老子』に親しんだあとでは、ちょっと考えが変わりました。最近は日本流の「心」の使い方、頭と心が混じった状態のとらえ方のほうが、人間の内なる働きに即していると思うようになったのです。

老子の言葉が、なぜ僕らをあれほどまでに打つのか。

それはマインドの理屈の部分と、ハートのもつ感情やイメージの部分が、一挙に、両方とも伝わってくるからです。

詩にしろ絵にしろ、人間の情を伝えるのであって、意志を伝えるものではありません、僕らは人間だから。悲しいとか淋しいとか、嬉しいとか、心の情感を中心にして、何かを伝えたい。

そういうものを伝えたいのは、しかし意志の働きです。情と意志はいつも表裏になっていて、だから、これを一緒くたにして「心」という――このほうが、自然なのだとも思います。

生きているかぎり、情をもっているかぎりは、人はこの「心」で生きてゆくと、最近の僕は思うんです。

感情的知恵

一見したところ矛盾しているようですが、「感情的知恵（emotion intelligence）」という言葉があります。あるアメリカ人が言っているのですが、emotion＝感情のなかにこそ、常識（理性）よりもっと高い知性があるんだということ。

その人は、脳の生理学の面からも、感情につながる部分がいちばん大事だ、ということを述べたうえで、「人間の根本的な動きは、みな情感から出てくる。理屈や理性から出てきたものは、二次的だ」と語る。アメリカ人には珍しいことです。そして、こうも言う。

emotion intelligenceは、年齢に関係がない。いやむしろ、だんだん年をとればとるほど、年齢が加わるほど、その働きは盛んになる。

『老子』にも似たような表現がありますが、この言葉は、例外なく年をとっていく人間にとって、大きななぐさめであり、希望です。

第4章
遺伝子とユーモア

DNAの欲望

「ユーモアは、自由のコーナーストーン、要石《かなめいし》だ」という考え方があります。

自由には、二つの自由があります。

一つは、リバティ liberty。これは〝外側の環境からの自由〟。つまり飢えや貧困などの外的因子からの自己解放。

もう一つは、フリーダム freedom。〝内側の自由〟、つまり心の自由。ユーモアはまさしく、この二つの大切な自由の、両方ともにかかわるものなんです。

二十世紀の末になって、多くの先進国では、飢えや貧乏という環境からほとんど解き放たれました。リバティ、つまり外側の自由が実現したわけですね――これがないと、内側の自由、つまり精神の自由は生まれない。とにかく〝食べる心配〟から解き放たれてはじめて、心の自由は生まれるんですよ。

これは、しかしやっかいな問題です。なぜならそこには、あらゆる種類の欲がかかわっているからです。

まず、DNAにインプットされた欲望。生きるための物質追求の欲望は、遺伝子のなかで、いちばん強烈に伝わる生存本能です。欲望の凝縮みたいなものでしょう。食欲、性欲、所有欲、競争欲、闘争本能。どれもが、生きるための命令です。

それらの本能的な欲望から派生して、見栄をはったり、名誉を求めたり、格好をつけたり、などというかぎりない欲望が生じ、結果としてわれわれは右往左往、一生を振り回されることになる。

しかし欲望にしたがうだけでは、どうしても心の平和は得られない。いつも際限のない衝動に駆り立てられることになりますから。

仏教ではこうした人のあり方を、遺伝子が発見されるはるか以前から、〝因果〟や〝業《ごう》〟などという言葉で呼んでいました。業や因果は、遺伝子のことだと思っています。

自由とユーモア

遺伝子の問題と自由の問題は、深い関係にあるんですね。

DNAですべてが定められているなら、本当の自由はありえない。あるのはせいぜい、遺伝子にインプットされた範囲での自由でしかない——。これは人間にとって恐ろしい課題となるようです。

本当にそうなのかという点に関して、さんざん頭でも考え、ときにはユーモラスに、心のなかであれこれ反芻しています。

まだ、よくわからない。まあ「自分が自由でないと気づいている自分がある」——そんな自分に気づきはじめる、といったところです。

もうひとつ、しだいにわかってきたのが、ユーモアの大きな力でした。

英米文学を仕事としているころから、僕はユーモアにつよく魅かれるものを感じ、しまいに二、三冊のユーモアの本を書いたくらいです。それはきっと、僕の根底にある自由への願望に、突き動かされた結果の選択だったのでしょう。

のちに、老子や、さらに仏陀《ブッダ》の言葉に出会ったとき、ああそうだったのかという、圧倒される思いに浸されることが多かった。

それはこの、自分を追い立てる力からの解放、つまり〝業〟と〝自由〟の問題だったのでした。

覚醒の笑い

因果は、とても強い力でわれわれのなかに働いている。そのことを認めるところから、仏陀は始めたようです。そして欲望の因果から逃れる、つまり〝業を切る〟ためにはどうしたらいいか、という方法論を発見したのです。

それが目覚め、覚醒だった。覚醒は悟りともいうようですが、今の言葉でいえば、self-awareness〝自己への気づき〟。

だから、すべての問題は欲望にあるといえるのです。

仏教では、その強烈なDNAのワク組みに対して、〝まず欲望に駆られている自分を見ろ〟と教えているようですね。

覚醒への第一歩とは、この自覚というわけでしょう。

そして、その気づきから生まれる心の働きこそ、じつはユーモアなのです。仏陀もイエスも、老子も荘子《そうし》もそうでした。わが国で謹厳実直の代名詞のように思われる孔子でさえも、とてもユーモラスな人だったと、林語堂は言っています。

わが滑稽譚

「あれはわが人生でも、自分のいちばん滑稽《こっけい》な瞬間だったなあ」という体験が、僕にはあります。

もう二十年近くも前、横浜国大に勤めていたころのことです。

大学は、小高い丘の上にあって、駅から歩くと、じつに長い急坂を登ることになります。六十の少し前だった僕は、しかしこの坂をあまり苦にせずに、途中もほとんど休まず登り切ったものです。いまはそうはいきませんが、世に言う還暦のころの僕は、どこといって支障のない体でした。ただし、歯はずいぶん傷んでしまって、そのころから治療に通っていた。上の歯はみな駄目になったので、入れ歯に替えることになり、型をとっている間、仮歯をさしこんでもらっていたのです。

歯科医のIさんは腕も良く、親切でもあり、「あなたは教室で英語をしゃべるんだから、前歯が一列なきゃどうもならんでしょう」などと冗談を言いながら、「至急つくりましょう。それまで、この仮歯でつないでおいてください」。

その仮の前歯は薄いセメントで接着してあって、別に違和感もないまま、日常や勤めに不便もせずに過ごしていました。

そして、幾日目かの講義のときのこと。

かなり熱中してしゃべっていて、教室にいた学生たちも、珍しく耳をすませて聞いていました。「珍しく」といったのは、年に二度か三度、僕は興味にかられて高揚して語ることがあり、そんなときは学生も、つりこまれて静まりかえるからです。

まったく突然に、僕の口から仮歯が飛び出して落ち、板張りの教壇の上にハッキリ音を立てました。

「あ、入れ歯が落ちた」と言って、僕はしゃがみこんで、それを拾ってしまった。黙って拾ったら、ほとんどの学生は気づかなかったのでしょうが、自分から「入れ歯を落とした」と言ったために、彼らは、わっと声をあげたのでした。五、六十人の若い連中が、いっせいに笑うと、相当に大きな響きとなります。今でもその音響は耳に残っていますが、僕はそのなかで立ちすくみ、しかしすぐ「ちょっと洗面所に行ってくる」と呟くように言って、教室から出たのでした。

水で入れ歯を洗ってから口に入れると、無事に収まったけれども、やや危うい。ハンカチで口を押さえながら教室に戻ると、学生たちはまだざわめいていました。別にあざ笑う表情ではなかったけれども、とにかく幾人かの顔には、笑いが残っていたのです。

それで、こちらとしては講義を続ける調子に戻りにくく、「今日はこれまでにする」と申しわたして教室を出たのですが、そのときの僕自身の表情がどんなだったかは、今でもよくわかりません。

年のとり方のタイプ

年をとるにつれて、過去を思い返して自分の滑稽さが見えてくる人と、自分の過去のみじめなシーンを思い返す人がいますね。自分の過去を腹立たしい目で見返す人もいれば、温かく肯定する人もいる。悲しみとともに思い返す人と、喜びや笑いとともに見返す人がいる。

僕のこんな失敗は、みじめではずかしいと思う材料でしょう。しかし僕はこれを滑稽な出来事と見るようになっています。

ただし、自分のみじめな失敗を笑って人に語れるようになったのは、近年のことです。壮年期までは、そうはいかなかったんですよ。

もう少し年月を経れば、自分の人生のなかでのもっと大きな出来事が、滑稽に見えはじめるかもしれない。たとえば自分の恋愛の苦労や、創作に〝精進《しょうじん》〟したこともね。

そういう予感はあるのですが、まだその方角に、しっかりと目を向ける度量ができていないようです。

しかし、そんな大きな滑稽を語ることのできる人が、はるか昔の世界には、何人も存在していました。

大雨と噂話

ユーモアは、フランスやアメリカの場合、人の愚かな様子を笑ったり皮肉を言って人をあざける、つまり弱点を笑うというものが主なのです。僕は、こういう嘲笑のユーモアを好きではないけれど、自分で使うとき、このタイプのユーモアが多いかもしれない。

しかし日本のユーモアには、お互いどうし共感するところで笑う、という性格があります。大家と店子の〝クマさんハッつぁん〟なんていうのも、お互いを軽蔑したり出し抜いたりしているのではない。同質的で同胞的な、やわらかなユーモアですね。

ところで老子は、非常に大きな視点から、人間のもっている滑稽さ、空回りのありさまなどを描写しています。

たとえば「大雨だって三日も続かない、台風は二日もがまんすれば過ぎてしまう。自然界でさえそうなんだ。まして人間界では、人がガヤガヤあなたの噂をしたり悪口を言ったりしても、じきに過ぎてしまうのさ」、なんてことを言っている。

大器晩成

大自然のような大きなものと小さな人間界と並べるところが、老子独特のユーモアです。

「巨大なものは四隅が見えない。巨大な形はイメージとして成り立たない、あまりに大きすぎる音は耳に聞こえない」などと言ったあと、老子はいきなり最後に、人間は大器晩成がいい、という有名な言葉を吐く。

若いときは、その人間が大きな人物かどうか、人も自分もなかなかわからない、というのがポイントですが、比較が極端で、われわれもぎょっとし、それから思わず笑い出してしまう。こうした言い方は、老子の得意とするところです。

「国が乱れれば忠臣が出る」という言葉もあります。

バカ殿さまがデタラメをするんで忠臣が出るという、じつに皮肉のきいた言葉で、これはまるで常識と逆のユーモアになってくる。

「親が目茶苦茶に道楽して、家が貧しくなると、孝行息子が出る」とか。

こういう真実というのは、世間が考えているのとは反対の視点から生じる、老子の洞察力なんです。そして、これをユーモアととったほうが、ずっとわれわれを豊かにしてくれると思うんです。

「相手を貧乏にさせたかったら、もっと金を与えろ。名誉を傷つけたかったら、もっと名誉を与えてやれ」……。

漢詩のリズム

老子や荘子には、奇想（思いがけない発想）や、逆説やユーモアがとても多いんです。

前にいったように、孔子も、林語堂の話ですと、じつに人間的で、ユーモアに富んでいるとのことです。

ところで、わが国はこうした思想家たちを、千年ちかくも学んできたんですが、どうも彼らのユーモラスな一面は取り逃がしているようです。

この点は僕の独断だけれども、そんなに見当はずれではないと思う。なぜなら、僕なりにその理由が考えられるからなんです。

原因は、わが国の漢学者たちが、中国語の話し言葉のリズムを摑んでいなかったからではなかろうか。

あとでも述べるように、〝生きたしゃべり言葉のなかからユーモアは生まれる〟のですが、そういう生きた言葉として、老子や孔子を聞きとれなかった。文字を通して、意味だけを知ろうとした。それが漢文の訓読体——返り点で読む方式——だったわけです。

孔子はとくに、〝聖人の語をつつしんで読む〟という態度で向かったからなおさらですが、とにかくわが国には、中国の偉大な思想家たちのユーモアは伝わらなかった。

「国ミダレテ忠臣イヅ」ではオモシロクない。

しかし、この句を口語のセンスで言えば、「馬鹿な主君がめちゃくちゃするんで忠臣が出るのさ」とすると、ユーモアが生じる。

このことは漢詩でも同じでしてね。

詩は情念のこもった表現ですが、その情念のさまざまな微妙な現れ方は、訓読ではうまく読みとれない。詩のなかの皮肉やユーモアは感得できなくて、大まかな感情だけが感じとられてきた。

こんなことが僕なりにわかったのは、漢詩や『老子』の英訳を読んだからです。

それらの英訳は、話し言葉のリズムを基にして訳された英文だったので、読んでいて、原文や原詩のそういうニュアンス（味わい）がすぐ感じとれたんです。これは、僕には驚きでしたね。老子や白楽天が、急に身近な人に感じられた——まるで僕にじかに話しかける人のように。

志ん生の間合い

『源氏物語』だって、当時の話し言葉ですね。たぶん『源氏』には、そうとうなユーモア、笑いが含まれていると思うのですが、現代の僕らには感じとれない。芭蕉の俳句にだって、根底には話し言葉のリズムがあります。それがないものは、硬直し、陳腐化してしまうのです。

話し言葉というのは、ブレス、息、呼吸でできていて、生きている人間そのものです。

ユーモアは、とくに呼吸にかかわっている。なぜなら、ちょっとした間合いの違いで、同じことを言ってもユーモラスになったり、つまらなくなったりするからです。

志ん生の落語の一例をだします。非常に微妙な間の違いが、とてつもない笑いを生む。たとえば……。

大事なお金を落として、吾妻橋《あづまばし》から身投げしようとしている男に、止めが入る。さんざん押し問答のあと、

「どうしても生きられなくて死ぬんですから、どうか助けると思って、殺してください」

「両方はできねえよ、おれにゃあ」

……文章で読むと、その面白さの百分の一も伝わりませんが、志ん生の絶妙な間合いでそれをやれば、お客がどっとわく。わいたあとに、しんみりしてくるんです。

……ドイツと日本

ユーモアは、精神の自由と直接にかかわるものです。心が自由を感じることができて、自由に表現できる。自由がないと、ユーモアは生まれない。

林語堂が、ある本で各国のユーモア度をくらべています。それによると、いちばんユーモア度が高いのは、フランス人と中国人。次がイギリス人、そしてアメリカ人。ドイツ人や日本人は最低ランクに位置づけられています。

なぜかといえば、林語堂の体験した日本は、まさに戦時下の日本だったからです。軍国主義の時代、自由を失いはじめたときの日本です。

江戸時代は、日本人がいちばんユーモアを心得ていた時代だといわれます。俳句と川柳と狂歌などの笑いは、かなり洗練されたものです。ごく普通の庶民が味わっていたのでした。

一見すると堅苦しい封建体制のなかで、どうしてそんなことが可能だったのでしょうか。

それは、お上を非難しないかぎり、何を言うのも自由だったからです。体制批判がなければ個人の表現はそこまで自由だったからです。

武士の書いたものに、ユーモラスなものはごく少ない。武士階級には自由への意識が少なかった。形式と差別の意識が高くてね。

口語での自由な言い方を押さえていたからです。「ござりまする」などというサムライの言い方は、ふつうのしゃべり言葉とちがう表現なんですかねえ。

芭蕉なども、武士階級から飛び出すことによって、すなわちもう少し自由の境地に遊ぶようになって、知性とユーモアを兼ね備えた、すばらしく洗練された作品を生んでいったんです。そして一茶は、もっと土着のユーモアから本当の文学を作った。

僕は下町生まれで、江戸からの川柳や、落語のユーモアの土壌のなかに育ちました。だから僕のおしゃべりの根本には、どうも落語のリズムがあるようです。

漱石と鷗外の根本的な違い。それは、漱石が東京の下町生まれ、鷗外が地方の士族系の人だった、ということです。

鷗外にも、もちろんある種の冷静なユーモアはあったけれど、しゃべり言葉のユーモアのセンスでは、漱石に負けている。『猫』『坊っちゃん』『草枕』なんてものは、あれはしゃべり言葉のユーモアであり、そこがわからないと味わいが薄くなる。谷崎潤一郎にも、下町のユーモアがたっぷりあるのですが、彼のユーモアも今の人にはわかりにくいかもしれません。けっきょく、町っ子には、権力への屈従ではなくて、それをせせら笑うようなセンスがあったんです。歌舞伎、川柳、俳句などは、みなそうした庶民の自由な心がどこかに動いているものでした。

表現の自由といえば、現代では、なんといってもアメリカでしょうね。彼らにはユーモアは生活に欠かせぬものであり、みんなが、ジョークを交えて会話している。

なぜなら、階級を意識することがごく少ないからですね。ユーモアを持たない人間は、相手にされないくらいです。

しかしわが国の人たちは、一般的にいって、意識の底に階級性と形式性をかなり強く残しています。たとえば会社の上司に対しては必ず堅苦しい口調になるというぐあいです。つまり、物にくらべて、精神はまだたっぷり自由じゃない。

外国人としゃべっていると、その違いをよく感じますね。中国の人もふくめてだけれども、多くの外国人は、もっと自由にものを言い、笑いもする。私は将来、日本が変わってくるのを願っているんです。

「かっこよさ」の条件

家ではテレビを見ないのですが、旅に出ると、泊まった先でときおり見ます。ついこの間、江ノ島のよく見える小さな宿にいたとき、仕事に疲れてテレビをつけました。そこで思いがけない場面に出あったのでした。

昼間のことで、たぶん教育番組だったのでしょう。五、六人の小学生か中学一年くらいの子供が半円をえがいて座り、向こうのテーブルには若い司会者がいました。

そのうしろの板には、「かっこよさ」という文字があり、その下に、「かっこよさ」の条件がいくつか並んでいました。

子供たちは友人などからアンケートを集めて、その結果を順に並べたのでしょう。その第一位は、白い紙が張って隠されていました。

くわしくは忘れましたが、かっこよさの第二位には、「背の高いこと」、第三位には「ハンサム」というふうに、ごく平凡な返事が並んでいた。

このアンケートを集めた子のひとりが、「それでは第一位をあけますけれど、先生、何だと思いますか?」と、若い司会者にたずねた。司会者は首をひねっていましたが、「なんだろうな、髪型かな?」と言った。それで、その子は笑いながら「違います、第一位はこれです」と言いながら、その白い紙を剥がした。

そこに出てきた言葉は、「やさしさ」なのでした。

子供たちが、「かっこよさ」という外見に、心の在り方である「やさしさ」を求めて、それを第一位にあげた――。

僕はあっけにとられ、と同時に、ふかく感嘆しました。

その若い司会者も手を打って賛成し、ほめたたえるのかと思った。ところが司会者は、首をひねって、なにか見当はずれのことを言っていました。子供たちの価値転換のすばらしさが、まるでわからない様子でした。僕は情けない気持ちを覚えた。

この先もすこしあるんですが、かんたんにします。

「やさしさ」はどこからくるのか、といった対話になって、ひとりの男の子が「それは愛です」と言い、司会者はまた首をひねっていて、反応しない。そして「愛といっても男と女の愛ではなくて、家族の愛もありますから」などと少年に教えられていました。

それでも司会者は、まだアイマイな笑いを浮かべていて、このすばらしいシーンでは、彼だけが浮いているのでした。

やさしさ

僕は、今の子供たちに、大きな希望を感じましたね。なぜなら子供たちが〝やさしさ〟を第一位にしたのは、学校や世間で教えられたものじゃないからです。自分たちの心の実感だったのです。

なぜ、こんなすばらしい答えが出されたのか。それは子供たちが、自由だったからです。自由に意見をもち、それを自由に発表できたからです。

自分の考えを、なんの恐れもなくそのまま表明できる。これは、戦争中の不自由な時代を知っている僕には、まったく信じられないような明るさです。

自由が、子供たちの答えを、内面の豊かな領域にまで高めている。

僕は思った。〝やさしさ〟だけではなく、もっとほかにもすばらしい〝回答〟が、今の子供たちのなかには現れてくるのだろう。学校やマスコミが、その方向をとりあげないだけなんだ。

自由がやさしさとユーモアを導くのです。老子も、人生でやさしさと柔らかさがどんなに大切かを、繰り返し語っています。やさしさと柔らかさを説いた、唯一の哲人ですね。

けっきょく今の子供たちは、よっぽど自由のなかに生まれ、社会の抑圧、親あるいは学校の制約にもめげず、フリーの精神を養い育てている、僕はそう思いました。

生存本能の昇華

ユーモアは、人が外側の自由をえて、つまり飢えや貧乏から自由になって、出てくるものです。そんな余裕がない段階では、ユーモアは人間からはほど遠いものです。たえずDNAの〝生存本能〟にしたがって、生きるための戦いを繰り広げることになる。あくまで個人の生き方を楽しむところから出るんです。国家とか集団のなかでは生まれない。国家や集団はつねに個人のユーモアを抹殺しようとする。

二十世紀は、こうした国家どうしの争いこそが、世界全体を覆いつくしてしまった。まさしく二十世紀は、戦争と革命にあけくれる悲惨な時代でした。

しかしあれは、いわば必要のない戦争だったんです。すでに各国は、ほとんど「衣食足りる」状態になっていたのに、国家間のエゴイズムと恐怖と、征服欲で闘ったと言えるでしょう。

第一次大戦に出征し父親が戦死し、その兵士の息子がまた、第二次大戦で戦死したという例が、ヨーロッパにはいくらでもあるようです。それだけ、この世界への反省は深いもののようです。

そして核兵器まで使うようになって、世界は、こんなことを繰り返していたら大変だという認識をもちだしたんです。ヨーロッパの反戦詩に優れたものが多いのは、そうした絶望的な認識の深さ、反省の証明のようなものです。そしてついに、ヨーロッパ連合＝EUという、大きな一歩を踏みだした。

欧米人の異常なまでのユーモアへの執着、そして老子への関心も、彼らのそういう体験から派生したと思えば、十分に理解できます。

ルネッサンスとシェークスピア

ユーモアと宗教には、対立する側面があります。そして、自由と宗教もまた。日本では意外に知られていないけれど、十四、十五世紀のルネッサンス以後、ヨーロッパ人は、キリスト教的な意識から出ようとする努力を、ずっと続けてきたんです。

ルネッサンスを「文芸復興」とするのが、日本語の訳です。しかし、文芸ばかりではなかった。

ルネッサンスは、まさに、キリスト教の束縛から逃れようとするための、ギリシア文化の復権でした。ギリシア文化を認めたということは、もうキリスト教から見れば異端なんですから。

ルネッサンスによって新しくなったヨーロッパ文化は、ギリシア的な人間主義、ヒューマニズムの再発見だった。ルネッサンスは、イタリアから始まり、フランスへ行き、イギリスまでたどりついて、長い年月をかけて、ヨーロッパ全体の芸術に影響を及ぼしていきました。

だから、僕たちが知っている西洋の近世文明、文化、文学でも絵画でも何でも、非キリスト教的なものがほとんどです。

音楽だってそうじゃないですか。教会で使われたのは、バロックのなかの礼拝用の音楽だけ。それ以後は、音楽は宮廷や貴族、市民のあいだで営まれてきた。

文芸も、シェークスピアのときはもう、キリスト教の神が中心の世界観ではない。むしろシェークスピアは、もっとも人間主義的な、人間そのものの面白さを描いた人でした。神に操られた人間ではありません。


ついでにいえば、日本ではシェークスピアも、どこか辛気くさい悲劇的な作家だと思われていますが、とんでもない。非常にすぐれた喜劇作家というべきであり、むしろ喜劇から入ったほうが、彼の本質を把握できると思います。

その目で見れば、『マクベス』や『ハムレット』などの例の〝四大悲劇〟も、欲にとりつかれた人間の馬鹿馬鹿しさを突き放して描いた、みごとな喜劇だと受けとれるほどです。

四大馬鹿

彼の喜劇は、何とも言えず楽しいものです。『真夏の夜の夢』などは、なんとも心が明るくなる作ですね。夢の世界と現実の世界が、みごとにバランスをとっている。

『お気に召すまま』や『じゃじゃ馬ならし』も、とってもおかしい劇です。どうしてシェークスピア学者は、そういうことを言わないのかと思うけれどね。

僕は、青年期にシェークスピアと聖書を押しつけられて、大嫌いになったことがあるんです。しかし、中年になって松本に行ったとき、わりあい暇ができて、やっとシェークスピアを本格的に読みはじめました。

そのとき初めて、シェークスピアは喜劇から入らないと絶対ダメなんだ、という信念をもった。高校や大学でもいいから、喜劇からまず教えること。そうすれば、シェークスピアがいかにすばらしい作家かということが、わかる。

シェークスピアの四大悲劇の主人公であるマクベス、オセロ、リア王、ハムレットが、みんな大馬鹿に見えてきたんです。欲望に凝り固まった男の馬鹿さ加減の、リミットまで行った男たちですよ。

そうすると、これは悲劇というけど、滑稽劇と思えるようになった。

マクベスの馬鹿さなんて滑稽なくらいですよ。へんな神がかりの女たちに惑わされて、その言うことを信じて自分の人生をめちゃくちゃにしてしまう。ハムレットだって同じ、自分のうらみ心にばかりこだわって突き進むバカな、若者の典型版です。

あんなに恵まれた境遇なんだから、もっとうまくみんなでやっていけるのに、母親と王位の両方を伯父に奪われた恨みから、恋人と母親ばかりか自分まで滅ぼす男でしょう。ある意味では、ハムレットほど嫌な男はいないですよ。たまたま王子だったから、そんなことができただけで。ユーモアのかけらもない男です。

リア王は、じじいの馬鹿さ加減そのもの、頑固じじいのね。

オセロもそうです。イアーゴという小僧っ子みたいな部下のいいまわしにコロッと参っちゃって、あの愛すべき妻を絞め殺すんですからねえ。

だから、あの四人とも大馬鹿なんです。四大悲劇とは、四大馬鹿劇だ。

ヨーロッパの反省

シェークスピアのあと、あらゆる文芸、芸術に、非キリスト教的なテーマが見られるようになっていきました。

だけど、たしかに一般の社会には、さまざまな規範として、キリスト教が残っています。人々が教会に行き、死ぬときは神父が来て、という形でね。日本の仏教と同じようなものですね。

しかし二十世紀の二つの大戦で、インテリははっきり自省の目をもった。あれだけ愛を説いたキリスト教の国が、互いに殺しあいをやったのだから。

おまけに、ルネッサンス以来の人道主義と科学が袋小路に入りこみ、その「自由・平等・博愛」の観念すらも、生活や社会から離れたものになってしまった。繰り返しますが、ヨーロッパの人たちは、徹底的に深くから反省しはじめていると思うんです。

あらざる恐怖

日本はどうかといえば、現在は経済不況といわれ、不安が広がっています。しかしその実態は、マネーゲームによる金融不況にすぎない。現実的には九割以上の人間が、自足できるような状態にいるはずです。

今の世の中で、食料不足……食えないので生きられない人は、まずいないですからね、どんな暮らしだろうと。

とにかくこの二十年で、日本は世界のなかでも有数の「衣食足りた」国になった。

衣食どころではなく、ある程度の礼節を知り、精神的な豊かさを享受する環境までもが備わっている。

それでも現代人は、笑うことすら忘れて、ひたすら不安だという。

しかしよく考えてみると、不安があるとしても、それは将来に対する不安です。

今日、食うに困ることはない、その大変な幸せの「現在」が、忘れ去られている。

でもそろそろ、先行きの不安が〝今〟の自分を不幸にする理由なんてまったくないと分かるときです。常識になっていいときでしょう。

逆に、今の満足のなかに豊かさを見出せば、かなりユーモラスな心で自由に生きられる。そういう世の中になっているのです。

たかのしれた社会

ぼくらは人にほめられたりけなされたりして、
それを気にして、びくびく生きている。
自分が人にどう見られるか、

いつも気になっている。しかしね、
そういう自分というのは、
本当の自分じゃなくて、
社会とかかわっている自分なんだ。
一方、タオにつながる本当の自分があるんだ。
そういう自分にもどれば、
人にあざけられたって、
笑われたって
ふふんという顔ができるようになるんだ。
社会から蹴落とされるのは
恐いかも知れないが、
社会のほうだって、
いずれ変わってゆくんだ。
大きな道《タオ》をちょっとでも感じていれば、

くよくよしなくなるんだ。
たかのしれた自分だけど、同時に、
たかのしれた社会なんだ。
もっともっと大きな「ライフ」というもの
それにつながる「自分」こそ、
大切なんだ。
そこにつながる
「自分」を愛するようになれば、
世間からちょっとばかり
パンチをくらったって平気さ。
愛するものが、ほかにいっぱい見つかるのさ
世間では値打ちなんかなくっても、
別の値打ちのあるものが、
いくらでも見えてくるんだ

金なんかで買わないで済むものがね。
社会の中の一駒である自分は
いつも、あちこち突きとばされて
前のめりに走っているけど、
そんな自分のなかには、
もっとちがう自分があるんだと
知って欲しいんだ。

（『タオ――老子』第十三章）

知足――潜在能力の発見

老子は〝足りるを知ることが富〟と言っています。「知足者富＝足ルヲ知ル、コレヲ富トイフ」（第三十三章）。

しかしこの言葉は、たいてい誤解されているようです。〝自分が満足すれば、それでいいんだ〟ぐらいに思われていますね。

でもじっさいは、「足りることによって自分のなかに富を見つけはじめる」という意味だと思うんです。

これは、すごい言葉だと思います。足ることを知るとは、物質の富から自分の心の富への転換なんです。自分のなかの潜在能力の発見なんです。たんなる物質的な豊かさをさすのではなく、精神の豊かさと深さ、そして何よりも自由を表わす言葉です。

常識的な印象では、〝足ることを知る〟という言い方には、儒教的でお説教くさい嫌みを感じます。ごく小さな自己満足や、奴隷的な屈辱も思わせます。しかし、ぜんぜん違う。ずっと前向きな、ユーモラスな言葉なんですね。お金をうんと貯めてギシギシしている〝貧乏人〟から比べれば、はるかに豊かな人間を再発見する——。そんな積極的な態度です。

自足は、英語では selfsufficiency と訳されることが多い。そして老子のこの言葉には、心の富の発見で the inner balance（自己の内なるバランス）を回復するというニュアンスが濃厚に含まれることも、言っておきたいと思います。

ひとり密かに喜ぶ

富の中身は、人によっていろいろ違いますから、いちがいには言えません。

しかし僕に言わせれば、それは非常に単純なものです。

すなわち、〝自分が自由になること、それが富だ〟。そして〝自由になるということは自分の内なる声にしたがうこと、つまり、隠れていた自分の能力をひきだすことだ〟。

日本人はものに満ち足りている段階に至りつつあると思います。そして次に本当の自由がほしくなった。自分の内なる能力を目覚めさせたくなっている。

で、今までのまとめのような話をします。

自分の能力をひき出すのには、二つの大切な要素があると思います。

一つは、「閑《ひま》」ということ。

閑《ひま》は、社会的要求に応じて働く自分からは、出てこない。社会的要求から少し遠ざかることです——ただし少しの程度でいいんですね。それと縁を切るなんてことは、できっこない。人間は社会的な存在なんですから。だから、少しだけ離れてみる。自分のままでいられるような時間をつくる。

もう一つは、「自足」の気持ち。それを持つと、隠れていた潜在能力が出てくるんです。その大きなチャンスが生まれてくる。

いま、教育も社会も、人を外側の活動に役立たせようとする。社会に応じていく能力を引き出そうとするだけです。逆にいえば、個人の潜在的なポテンシャリティを押さえつける方向に働きます。

「閑」になるとは、そういうワクから少し離れることだ。そうなれば、眠っていた感覚もよみがえり、見すごしていた野の花の美しさに気づき、笑うこともできる。

外側の欲望、これを買いたい、家も建てたいという欲望じゃなく、むしろ静かに「これでいいや」と思う。そんな自足する心が生じたときに、眠っていた潜在能力がよみがえってくるものです。

両方とも、社会に自分が丸ごと加わって動いている時には、出てこないかもしれません。僕自身も、いまの歳になったから言えるようなもので、ほんとうは壮年期にはまるでわからなかったんです。

しかし、「閑」と「自足」を少しでも獲得した人は、自分の深い能力に気づきはじめる。自分の生きることとの楽しさを知りはじめる。

企業社会だけでやってきた人には、少し難しい課題かもしれません。アイルランドの詩人イエーツも、ある婦人に向かって、「自分ひとりで密《ひそ》かに喜ぶことです――それはとても難しいことですが」と言いました。

自分ひとりで密かに喜べるのは、その人が自分の深い能力を見つけたときです。逆に自分のなかにある深い能力が出てきたら、ひとりで密かに喜べるようになる。同じことです。

これが〝富〟の中身だと、いまの僕は思います。

まず、よく笑うこと。そうしたら、あなたはもう少し豊かになれるはずです。

ひとり密かに、喜ぶことです。

自足ということ

君はどっちだね——
地位が上がるためには、そして
収入や財産を増やすためには、
自分の体をこわしたってかまわないかね。
それとも、自分の命を大切にしたいかね。

命を大切にする人は、
地位が低くたって、
収入が多くなくたって、あまり気にしないのさ。
自分の生きる楽しさを犠牲にして、名誉や地位を追う者は、じつはいちばん、「何か」をとりそこねている人だ。
ひたすら金銭や物を貯めこむ者は、
じつは大損をしているのさ。
いま、自分の持つものだけで満足すれば、
平気な顔でいられる。
何かほかを求めず、ひとに期待しなければ、
デカい顔でいられる。
「まあ、こんなところで充分だ」と思っている人は、
ゆったりとこの世をながめて、
いま持つもので、けっこうエンジョイできる。
そして、社会は自分のものだという気になるのさ。
だってその人は、
社会よりデカいものとつながっているからだよ。

（『タオ――老子』第四十四章）

第5章

自然情報と人工情報

できない子供

戦前のことですが、僕は神田駅のすぐ前にあった今川小学校に通っていました。当時の小学校は、年度末に終業式があって、そのときにはクラスのうちの十人に賞状をくれた——成績のよい十人の子たちにね。僕は、六年間、一度もその優等生の賞状をもらえなかった。

たとえば、小学生に、歴代の天皇の名を暗唱させたのです、ジンム・アンネイ・イトクとか、六十ぐらいの名前だったかな。僕は、五つぐらいしか覚えられなかった。

算術では「鶴五羽と亀が七匹いるとして、全部で足は幾つ？」というのに答えられなくて、困った覚えがある。二年生か三年生のときでしょう。

で、このころから僕は、自分が頭のいい子だとは思わなかったんです。中学に行っても、自分の頭がいいと思える機会なんて、まったくなかった。努力のベンキョーはまったくしなかった。

文法は、日本語の文法も英文法もさっぱり理解できなかったし、数学や幾何なんて、はじめからわからないと諦めていました。この五年間も、好きなことを主にして、吸収してましたね。

そういえば、二十二歳で軍隊に引っぱられたとき、初年兵は軍人勅諭というのを暗記しなければならなかったけれど、これもどうやっても覚えられなかった。覚えられなかったことの例の中では、これがいちばん嫌な記憶ですね。とにかく、自分につまらぬことには、じつにそれほど「頭が悪い」人間でした。

それでいて今の僕は、たいていの英語の本は支障なく読めるから、僕のなかには英語の単語は、派生語もふくめれば二万ぐらいはあるんでしょう。もっと多いかもしれません。

なぜそうなったのか。なぜあんなに物覚えが悪かった自分が、英語だけはこうなのか。これは長いこと、若い時には、自分にもわからなかった。

情報の二種類

情報には、二種類あるんです。「自然情報」と「人工情報」の二つです。

このうち「自然情報」とは、自然がもたらす情報であり、おもに肉体の感性と感覚を通して体に入るものといえます。「人工情報」は、知識や技術などの人工的な情報で、おもに頭を通して入る情報といえるでしょう。

そして、人工情報のうちの知識にも、二つの知識がある。「事実や関係を覚えている」という知識と、その当の知識を「どうやって捜しだすか」についての知識です。

おおざっぱに言って僕は、自分のなかで「自然情報」と、「どうやって捜すか」の知識のほうを働かせてきた気がするのです。

無欠席

人間は、生まれてからの幾年かは、自然からの情報を吸収するわけですね。生まれて最初に呼吸する空気は、その子には最初の自然からの「命の情報」です。それから、陽の光や風や気温や季節の変化――こうした情報が、その子の体にしみこむ。

これが、故郷の記憶ですよ。幼年期に故郷を離れた人だって、自分の故郷に戻るとすぐにそれとわかる。その子の体のなかにしみこんだ自然情報ですから。

それと、母からの情報、そして、家のなかでの食べ物や家族、やがては遊び仲間からの情報なんか……。それがみんな、その子の体全体にしみこむのだから、それも自然情報だと、僕は言うんです。

「自然情報」なんて言葉は、僕が思いついただけのもので、英語にあるかどうかは知りません。どこかの学者がもう言っているのかもしれないが、これは自分で考えついたのです。

僕は小学校に通っているとき、この自然情報のほうに心が向いていたと思う。小学校で人工情報を注ぎこまれはじめても、体が、それを受けつけたがらなかったわけですね。

そういえば僕は、教室にいても、窓の外の空をよくながめていました。六年間、優等生の賞状はもらわなかったけれど、一日も学校を休まなかったので、卒業式には「無欠席賞状」とかいうものをもらった。いま登校拒否の子がいると聞くと、痛ましいですね。

べつに、ベンキョーが好きで、熱心に通ったのではないんです。学校とは行くものだと思っていたのと、休み時間に遊びたいからのことでした。学校から帰れば、家からすぐに飛び出して、友だちと遊び歩いたりしていて、幼稚園も塾も行かずじまいでした。

下町の子供でしたから、歩いて上野公園や日比谷公園に行くばかりか、無料バスに乗って、三越などのデパートのなかを走りまわっていました。

こうして、幼少年期から体にしみこんだ自然情報の楽しさというものが、一生涯、消えなかったのです。

蒸気機関車とハック・フィン

じっさい幼少年期というのは、人工情報さえ、頭だけでなくて全身で受けようとするものですよ。だから面白いと思った人工情報には、全身で向かう。

そういえば、僕は幼少期に蒸気機関車を面白がり、毎日それを見たがった。

商家ですから、〝小僧さん〟といわれる若い働き手が幾人かいましたが、その一人の、まだ十五、六歳だった人が、養育係みたいになっていました。僕はその人にせがんで毎日、神田駅へ蒸気機関車を見に行った。背負われていったのでしょう。

当時の神田駅は、堀割り状のなかを通るレールと、その上にかかった橋とがあり、橋の上から蒸気機関車のくるのを眺めおろせたのでした。

一日に一度はそれを見ないと、じつにグズって食べ物をいやだと言って、こまりはてたものだよと、僕を世話していた人は、後年になって語ったのでした。

僕自身は、ほとんど記憶していないんです――わずかに、陸橋の下から白い煙がわきあがるシーンだけ覚えている。

それほど記憶は薄れたのですが、体のなかの自然情報網にはしっかり定着しているらしくて、後にフォークナーの小説で、白人と黒人の少年が蒸気機関車を初めて見るシーンの描写を読んだとき、その力動感をよく感じとれたものです。

マーク・トウェインの小説『トム・ソーヤーの冒険』と『ハックルベリー・フィンの冒険』にも二人の少年が出てきますが、その一人の少年ハックルベリー・フィンは、それこそ〝自然情報だけ〟で育った少年です。のんだくれの父親から逃れて、浮浪児として育った。

それにたいして、もう一人のトム・ソーヤーは、人工情報をうんと仕込んだ少年――よい家庭環境のなかで、空想をそそる読物をうんと読んだ子です。

ハックルベリー・フィンは〝自然情報と知恵〟を備えた少年となったし、トム・ソーヤーは〝人工情報と空想〟を備えた少年になった。

なぜハックルベリー・フィン少年のほうを〝自然情報と知恵〟と言ったのかというと、浮浪児そのままに育ったハックには、自然情報がじつに深くしみ込んだわけで、その体験がやがて「経験」にまで熟成したんです。

これは変な言い方ですから言い直すと、自然情報から感じとった体験が深くで働いて、ハックは、どんな状況にたいしても、すぐに自在に応じられる判断力を備える子になった。

それを僕は、「知恵」と言ったんです。もう一度言い直すと、彼の自然情報と経験からは、じつにすばらしい知恵が生まれたのです。これは、自由にどんな状況にも応じられる知恵。しかしトム・ソーヤーは、本でたくさんの知識を頭に仕込んだ少年だったので、空想に支配されがちな少年になります。

この二人の少年の対照は、きわ立っています。マーク・トウェインという文学者は、この二つのタイプの少年をすばらしく生動させる物語を作った。その点だけでも、偉大な作家なんですね。

水泳は今のほうがうまい

こんなことを話したのは、誰でも〝体全体で吸収した記憶〟をもっていると思うからです。

繰り返しになりますが、子供のときには人工情報も、体で受けいれるんです。たとえば、水泳や、自転車に乗るというのがそうです。これらは明らかに人工的な情報として学ぶ技術ですが、子供のころに覚えた人は、いくつになっても忘れない。よく言うように、体で覚えたからです。

僕は七十七歳の今でも、自転車にはまったく不自由なしに乗れるし、水泳は今いちばん好きなスポーツです。

水泳なんか、いまのほうが、若いときよりもうまくなってるかもしれない。なぜなら、水の力をうまく利用できるからです。水のもつ浮力や、水の動きを受け入れ、すなおに利用するようになっている。力ずくでなくて、水にしたがって泳げるようになった。

しかし、子供のころに自転車や水泳を覚えなかった人が、年をとってから覚えるのは難しい。なぜって、年をとると人工情報を、頭で覚えようとするからですね。

つまり、子供であるうちに、自然情報と人工情報をたっぷり〝体に〟仕込むこと――。これがとても大切なのですが、それは「教育」からは、なかなか与えられない。その子が好きなことをさせるという第一の条件なんですが、それを締め出しているからです。

このごろは〝社会による支配〟はしだいに苛烈なものになり、幼少年期の子たちにも、頭に人工情報をどんどん注ぎこもうとしている。その子の体に自然情報がしみこまないうちから、頭に情報をつぎこみはじめる。

いちばんの敵役はテレビだと思われるかもしれませんが、違うんです。テレビは、その子にとって「面白い」ものであり、いやになったら離れられる。そして、幼少期の子は、テレビの動く映像さえ自然情報として受けとるのです。

だから、テレビをあまり悪者にすることもない。しかし〝強制力〟と〝ツマラナサ〟の合体した小学校、学習塾、そして中高等学校や大学では、子供は自分のなかの自然情報網の上に、頭の人工情報網をかぶせられてくる。

社会に出て働きだすと、その上にさらに社会情報網をかぶせられる。

それが幾年、幾十年にもわたる。すると、その人のなかの自然情報網は弱くなり、ときには消えてしまう。

必要情報と興味情報

もうひとつ、成人の人工情報には、「必要情報」と「興味情報」との二種があると思います。

必要情報というのは、何かの目的のための情報ですが、これは〝クズ情報〟といってもいいかもしれない。ティッシュペーパーと同じで、目的のものが手に入れば不要になるからです。

いや、クズと言ったのは、使ったあとのこと。必要情報も、大切な情報です。それをいかに利用するかによって、自分の職業や暮らしや家族を支えるための手段にもなる。ただそういう目的に支配されるだけとなったら、恐ろしい。

ある目的だけに使う情報は、あなたの命を機械化する。たとえば必要情報は、あなたを利害のほうに駆りたてるだろうし、競争にも追いやるだろう。そして、あなたをマシーンにしてしまうわけですね。

それに対して、興味情報というのは、自分のなかに好奇心や興味が起こって求める情報です。

この好奇心や興味というものは、利害や目的より上等のものなんです。目的意識では探知できない、心の奥深くからきているものです。

そういう深いところから出た興味は、うまく伸びていくと、一生涯、あなたのライフを豊かにする。必要情報ばかりで自分を追いたてた人は、その目的を終えたあと、ライフがかさかさになる。

社会という車を乗り捨てる

あなたはいつか、社会という車を乗り捨てて、自分の足で歩きだす――そのときのくるのをねらいつつ、生きてゆくのがオモシロイ。

今の世の中は、世の中を離れて歩きだしたあなたを妨害しない。ときには助けてくれる。そういういい社会になっているのですから。

とにかく、深い興味から求めた情報は、体のなかに入り、自分の知識と感情の情報網に組みこまれる。そして、かならず後に残ってゆくんです。それは、その人のなかの自然情報網とつながるものなのです。

言い直すと、子供のときに自然情報をたっぷり仕込んだ人は、成人してからも、興味や好奇心を失わない。どうもそう思える。

これは、頭のいい悪いとは別のことです。

今お話ししたことを僕なりにまとめたのが、次のページの略図です。

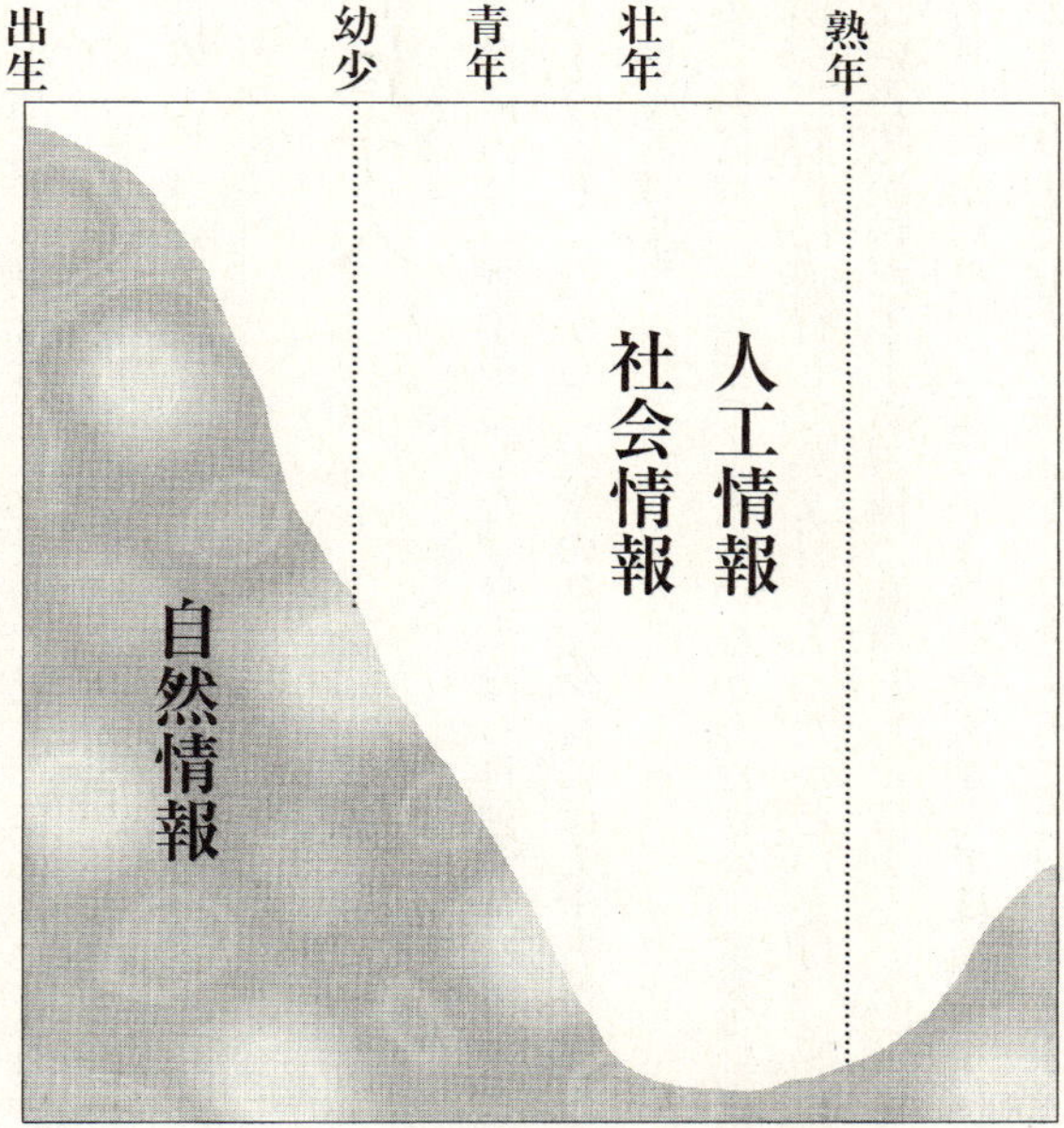
出生
幼少
青年
壮年
熟年
人工情報
社会情報
自然情報

人工情報と自然情報の割合は、人によって違う。年によっても違う。自分のいまの年齢からの見方しか当てはまりません。しかし、どんな年になっても、可能性のたくさんに含まれた略図と思ってください。

英文科は十人

僕が成人したころは、戦争中でした。日本は〝日独伊防共協定〟なんかでドイツと仲良くしようとしてたから、大学の独文学科には入学者がうんといたけれども、英文科にゆく者は少なかった。

早稲田の英文科には、一学年で十人もいなかったかな。英米は敵国ですからね。しかしなぜ僕が、時代に逆行して英文科に入ったかといえば、それはわからない。よくわからない興味からだ——ある種の直感としか言えないのです。

少なくとも将来のために、なんていう目的意識からではなかった。そんな目的など持てなかった状態でした、英語をやるということは。

しかも、英語を〝学習〟しようとはしなかったんです。ただ、なんとか英語の本を読みたいという思いはありました。少し読めるようになったあとは、自分に面白い本、興味のある本だけを読もうとした。

まあ、それが基本。いちど「あ、いま読んだときは、英語を読んでるということを忘れて読んでたな」って気づいたことがあった。そのときからよほど楽に、英語が読めるようになった。

もっと後だけれど、「自分が英語をしゃべっていることを忘れて話している」――そういうときがきて、以来、下手なりにずっと自由に話せるようになったものです。

どっちも頭にためこんだ知識が濾過され、体のシステムに入ったものになった。そこでは、知識が自然情報と共存しているわけです。

〃擬似話し言葉〃

ところで僕の文学の仕事は、いつもしゃべり言葉のリズムが中心です。翻訳をするときも、これだけを強く意識しますね。

いまの僕らが使う話し言葉のリズムです。なぜって、話す言葉は息がこもっている。息は命であり、息のこもった文学は生きているからです。

どんな文だって、その奥には息がある。詩や文には、そこに「間《ま》」という働きが入る。それがリズムであり、それが文章を生動させる。話し言葉のおしゃべりを聞くと、よくわかりますよ。

ただし、間のリズムで生動するといったって、個人によって違うんです。その人の素質と、生まれ育ちからの環境とから、その人だけの話し言葉のリズムがある。

それでいて、人の個性と情念から出るリズムが誰の心にも伝わるところに、文章の深さと面白さがあるんですね。

いまは、誰もみんな話し言葉で書いている。そうも言えます。文語体で書く人なんていませんものね。

しかし、僕らが話し言葉を文章にしたものは、いわば〝擬似《ぎじ》話し言葉〟です。ほんとの息がこもっていない偽《にせ》の話し言葉です。ほんとの自分の声を写してはいない。ほんとの心の間《ま》を表わしていない。みんな、話し言葉に似ただけの文章なんです。

いま、あなたが読む僕の文章も、偽の話し言葉です。けっきょく、文章として表現するばあいにいちばん苦心するのは、話し言葉が本当に生きて伝わるかどうかなんでしょう。

話し言葉というのは、言葉のなかでもいちばん、自然情報をたっぷり含んでいるんです。体が、自然情報と同じように吸収する言葉は、話し言葉ですよ。

だから外国語も、その国の話し言葉をこっちの体に収めたら、よほど自由になります。そればかりか、話し言葉のリズムを身につけると、文章もじつによくわかるようになるものです。

中年・壮年期の僕は、興味で覚えこんだ口語体の英語を役立て、話し言葉にちかい日本語でたくさんの小説を翻訳したんです。もっとも難解な文体とされているフォークナーの小説でも、その根底は口語のリズムであり、話し言葉の構造のものでした。いや、シェークスピアのあのセリフですら、読むと難解ですが、やはり口語のリズムでできている。だから英語圏の人たちは、それを聞いて楽しめるんです。文学のなかに働く口語リズムというものは、とても大切な問題ですが、やりはじめると果てしがないから、もうやめておきます。

次に登場するのは、すでにたびたび出てきた、知識と知恵はどう違うのかという問題。初めに、『老子』の言葉をひいてみましょう。

あるがままの自分を

他の人を知るということは、「知識」である。

それは、自分から外へ向かった「頭の力」だ。
しかし、自分を知るということは、
自分の内に向かって働く心だ。
だから、他人というものを支配するには、
知識の力ですむけれど、
自分に深く入って自分を知るのには、
もっと大きな能力が必要なのだ。

言いかえると、
外に向かってふんばって人を支配したり、
富を築いたりするのには、
強い意志の力が必要だ。
だが、内側に目を向けるときには、
あるがままの今の自分を受け入れることだ。

すると、そこに本当の豊かさがみつかる。

その時こそ、自分のセンターにあるのは、
タオを受け継ぐ、自然のエナジーなのだと知る。
そのエナジーは、永遠に伝わっていくものだ。
これが、永遠の今であり、
それは君の肉体が死んでも、滅びないものなんだよ。

今あげたのは、『タオ――老子』の第三十三章。この章のテーマは、自分の内なる世界と外の世界との差、ということです。

つまりこの違いが、知恵と知識の違いとなるわけです。

内に至る道は、無名への道、知恵の世界への道。その道は〝永遠の今〟につながっている。その命は滅びない……。

老子の思想の、骨格の表現です。

「内側に目を向けるときには、あるがままの今の自分を受け入れることだ。すると、そこに本当の豊かさ（＝自分の潜在能力）がみつかる。これが本当の富なのだ」と、僕は訳しています。

これは前にお話しした〝自足〟と同じ内容ですが、原文をくりかえせば、「知足者富。足るを知る、それが富」というものです。

もうひとつの無為

知識を学ぼうとするものは
毎日何かを知り、覚えこもうとする。
タオを求める人は、
毎日何かを忘れ去ろうとする。
何かを自分の頭から捨て、
さらに捨ててゆくとき、

はじめて「無為」が生じる。
「無為」とは、何もしないことじゃなくて、
知識を体の中に消化した人が、
何に対しても応じられるベストな状態のことなんだ。
世間のことも、まわりのことも、
なるがままにさせておき、
黙って、見ていられる人になる。
そのほうがうまくいく、という計算さえ持たずにね。

（『タオ――老子』第四十八章）

忘れる

ここでのポイントは、「忘れる」ということです。では、何を忘れるのか。

文脈からいって、それは知識だということがわかります。このばあいの知識とは、つまり頭に入っただけの知識。それを大切にしている人に、いらない知識や使っちまった情報を忘れろ、というのです。つめこみすぎた知識を捨てろ。そのほうの頭を捨てていけば、「無為」に至る。「無為」とは何もしないことではなくて、〝作為〟をしないということです。人工の必要情報は捨てて、何が起こっても対応できる柔らかな自然情報のなかにいろ、というわけです。

英語のマインド、つまり頭は、社会の中では非常に役に立つけれども、タオにつながる自分の内側を見るときには、かえってじゃまになるんですね。

頭でないもの——我心のない目にしか見えないもの。そのことに注意を払わないと、タオにつながる己を見失ってしまうと、老子はいうのです。

マイクロフィルム

むろん僕も、若いときは知識を求めていました。

前にお話ししたジャーナリスト稼業がいやになって、翻訳をはじめていたころ、あるアメリカの大学に手紙を送ったんです。「勉強をさせてくれ」と。敗戦後、五、六年のころです。

やがて向こうから手紙が来て、奨学金が出せるから来い、となった。最初に僕は、アメリカのある大学院に入りました。そこは鈴木大拙さんがいたことがあるので、僕を受けいれてくれたのかもしれない。

とにかく僕は、早稲田でもロクに勉強しなかった男ですけれど、アメリカの大学院では、最初に「いかに文献を見つけるかというコースをとれ」と言われた。

その中身は、「図書館に行ってこれこれの題名の本は何年に出版されたか調べろ」とか、「ヘミングウェイの『武器よさらば』の批評で何年と何年に出たものを全部あげてこい」「シェークスピアのこの言葉はどの作品にあるのか調べろ」などなど。

ここで僕は、知識のさぐり方を学んだのです。

三〜四カ月のコースでした。三つの大学のまんなかに大きな図書館があって、全学の学生が使える。設備も整っていて、僕はさすがにびっくりしたんです。

図書館に行って、「こういう文献を調べたい」と言うと、すぐに「この部屋に行って、マイクロフィルムを探してかけてみろ」と教えてくれたりする。

当時は一九五二年でしたが、アメリカの図書館にはすでにマイクロフィルムを見る装置が普及していたのです。だから、学生が「ニューヨーク・タイムズの〇〇年の何月何日付を見たい」と言っても、新聞なんか出しはしません。マイクロフィルムの部屋に行かせて、自分で操作させるわけですね。

知識の探し方

そのコースなどを半年ぐらい学び、僕は〝いかに知識を探すか〟という方法がわかった。

それまで、知識は探すものだなんて知らなかった、ぶつかるものだと思っていたんです。あるいは、せいぜい人に聞くという程度でした。たぶん、いまの日本の大学生も同じかもしれない（しかしいま、インターネットで探ることができるので、事情は違ってきたようです）。図書館で調べ、教師の言ったことを確かめるとか、間違っているとかいう確認をすることは、ごく少ない。

何かの研究を始めるなら、まず〝知識はどこにあるかというのを見つける手段〟を知ること。人に聞いたものだけでやっていては、それは学問ではない、勉強じゃない、ということだったんです。

日本に帰って赴任した信州大学の教育学部は、昔の女子師範だったところでした。

二階建ての木の校舎で、歩けばガタガタ音がする。何とも言えない、懐かしさを感じるようなシロモノでした。

冬など、よほど寒くならないかぎり、ストーブを焚かない。官立だから、十一月にならないと官費が出ないんですよ。そして十一月二十日になって、初めて達磨ストーブに火を入れると、みんな嬉しがったものです。

僕は英語を教えはじめましたが、そのとき学生たちが、『コンサイス英和辞典』

一つを持って学ぼうとしていることに気づきました。

そこで僕は、「この人たちに、もうちょっと別の辞書もあるという話をしてやろう」と思ったのです。「さまざまな辞書というものがあって、それを見れば、もっといろいろな情報が手に入るんだ」ということです。

情報を知識として整理したのが、ディクショナリー＝辞書なんですが、われわれが子供のときから覚える言葉といえば、それはアトランダムなもので、整理されてはいない。

とくに日本では、言葉を辞書で引くということは、あまりないんです。

ひとつには、辞書の成り立ちが、日本とヨーロッパでは違うということもあった。ヨーロッパでは、日常に用いる言葉をなんとか整理して実用に供するという努力を、十八世紀あたりから一生懸命におこなってきたのです。

イギリスでは、マレーが『オックスフォード英語辞典』を編集する努力があった。そういう国々は、自分たちの体系的・網羅的な辞書を作って、そこで徹底的に、自分の国の言葉を整理したんですよ。

だから、知識のうちの第一の段階である〝言葉の整理〟という点では、英語の辞書は、世界一発達しています。そして学生たちも、わりあいに辞書をよく使うんです。

切り売り

ところが、日本では、学生たちが『コンサイス』一本でやる。大学の先生たちも、こういう辞書があって、こんなふうに引けば使えるんだよ、なんてことを教えない。もっといろいろな辞書があり、それを使えば、俺の言うことなども三倍はよくわかるんだぞ、などとは教えない。

逆にいうと、当時の大学の英語教師の多くは、自分だけがかかえる大きな辞書の、知識の切り売りをしていたわけです。それで〝秘密の素《もと》〟を教えないから、学生たちは、先生はものすごく物知りなのだと思ってしまう。

僕は、「君たちも同じように知識を手に入れることができる」ということを言おうとして、十数年後に『英語の辞書の話』（講談社）という本を書いたんです。

ここには、さまざまの辞書が使えると言い、それらの辞書はどういう内容かを話す。ごく個人的な興味や人間的な挿話を入れていて、読みあきない内容にしました。

僕の最初の著書です。この本は、当時としてはかなり売れた部類に入るそうです。

その後、知識を求める方面では、『引用句辞典の話』（講談社学術文庫）や『英語の中の常識　上下』（『パートリッジ引用句辞典』の詳解、大修館書店）などで、引用句というものがいかに役立つかを話したのです。

その余波として、『西洋ユーモア名句講座』（立風書房）、『英語名言集』（岩波ジュニア新書）、『ハートで読む英語の名言　上下』（平凡社）などがあり、またそれこそ、雑知識の集大成ともいえるブルーワーの『英語故事成語大辞典』（大修館書店）の編集主幹までやっています。

このように初めは、情報から知識までに関しての本を書いたのでした。僕はそれで、とりあえず英語の辞書の専門家にされたけれど、やがてそこからは逃げだした。なぜかというと、〝専門知識〟の人間になるつもりはなかったからです。

他知識

一般に、知識とはみな「他知識」です。他人からの借り物です。そんなものでなく、自分にこういう興味があって、その興味を見つけるにはどうしたらよいかという、その how to が、本当の知識の探り方なんですね。知識はだから、いかに探すかさえ知っていれば、その知識じたいは覚えないでいい。とくにいまは、そんな大量の記憶はぜんぶ機械がやってくれるのですからね。僕のように記憶下手の人間には、この考え方はじつに役立つ。

大百科事典や『オックスフォード英語辞典』さえ、一枚のCD-ROMに入っている時代では、選ぶ能力さえあれば、いつでも知識は手に入る。

昔は『オックスフォード英語辞典』なんて、十六冊の大型本でした。よほどの学問好きでないと持てなかった。いまは誰でも使える。

でも、この大辞典のなかにどんな情報があり、それをどう読みとくかは別です。こっちにそうとうの仕度がいるんです。今だって、その中身を十分に読みとれる人なんて、以前と変わりない少数者でしょう。

知識は、何よりも自分の興味というもので裏付ける必要があります。そうでない知識は、死んだ知識です。いくら集めても、その人にとってほんとには役に立たない。つまり、その人のなかで育たないんですよ。だから、いまお話ししている情報や知識は、まず自分の興味に動かされて求めるものなんです。あくまで自分の、あなた自身の興味が第一。それによって集めた情報と知識を自分で整理する。

僕は、これを〝知識愛〟と考えています。心を中心にした知識のことです。興味がなければ、すなわち心が伴っていなければ、知識ではない。

脅迫システム

子供のときから自分の興味によって動かされてきた人と、他から強制されて自分の興味のないことをしてきた人。その差は、とても大きい。

自分の興味にしたがう子供は、自然からの情報をたくさん取り入れ、成人しても、自分の興味という〝核〟をもちつづける。自然に対しては、驚き《ワンダー》の気持ちを失わない。

教育や躾《しつけ》が子供によい励ましになる――それはたしかです。しかしマイナス因子となって、子供に襲いかかることもあります。親や教師は教えられることを、強制する。それは、脅迫の匂いのつきまとうものになる。正直なところ、教えるのではなく、それは一種の脅しだと思うのです。

そんな脅しにあって言うことを聞いた子供と、何とかはねのけ、自分自身の興味で動いてきた子供の差。

それが、その人の一生を大きく左右する要因になる。

もちろん無難な生活をするためなら、親や学校の〝脅迫システム〟に乗ってゆくだけでいい。それでもけっこうやって行けるんですよ。食べて寝て、宿題をして学校へ行きという、社会の要求にしたがうだけでね。

しかし、そんな習慣のみにしたがって大人になったときには、自分のための生きた情報を吸収できなくなる。年をとって社会的な要求がなくなったとき、その人のなかに、自然情報をふたたび吸収する余白、空間が残っていないわけです。

自分ではわからない

自分のなかの興味。自分がなぜこんなものに興味をもつのかということは、自分自身にもわからない。私が自分がなぜ絵を描きたくなったのか、なぜ老子にひかれたのかは、自分じゃわかりません。

それは、自然情報をキャッチするときと同じで、より無意識な部分で起こってくるからです。

頭で計算し、あれが得だ損だという部分ではない、もっと深いところからやってくる。自分のなかの情報網のうち、自然情報は、頭ではない部分でキャッチしているものです。だから自分でもよくわからないものです。

そういう興味は、しぜんに発展していって、その人の人生をうるおすんです。このほうが得だとか、ああすればエリートになれる、金持ちになれる、等々のモチーフは、自然にわいた興味の心をしぼませる。それぐらい、はっきりしたものなのです。

使うか使われるか

こういう知識の世界は、並々ならぬものがあるわけです。僕たちが興味や好奇心をもって知識の世界を探ったら、それだけでも一生わくわくしながら過ごせるだけの、大変な領域なんです。

一般知識は、広大な領域です。その領域を、僕はけっして軽蔑しない。むしろ、知識の面白さをよく認識している者です。

だが同時に、それだけじゃない。自分の中には、知識を超えた世界があるということを、知っていただきたかった。

僕だって、五十半ばまでは知識の世界で夢中になってきた人間です。

ただそういう知識が、恐ろしくみごとに細かく整理され、そのなかへあなたがはめ込まれて一コマの機械となったとき、今度はあなたが、いかに恐ろしい精密機械の一部と化してしまうか。

知識には、警戒すべき側面があるのです。要するに人は両面をもっているということを、思い起こしていただきたい。

社会における一般知識、それは使う人に大切な知識です。興味を失って、自分が知識によって使われてしまうか、それとも、あなたの興味によって知識を使うかのふたつの線がある。そういう、主体性のあるなしで、決定的に違ってくる。

初めから親や教師の言うことにしたがい、成績の良さ、将来性のため、などの目的意識だけでやっていく人は、自分の興味を殺してしまう。そして社会の網の仕組みにつかまってしまう可能性が大きい。しかし、自分の内なる興味で網をはずしながら生きていく人間にとっては、知識もまた本当の知恵に向かって開かれていく。

僕自身にひきつけていえば、英語への興味からさらに、それを用いて自分の好きな知的活動をしつづけ、それが英語訳の『老子』に僕を導いた。大まかにいえば、そういった筋が辿れるようです。

もとの根に還る

知恵については、もう多くを語らず、ここでは、私の『タオ――老子』の第六十五章をあげておくにとどめたいと思います。

子供に知識ばかり詰めこんで
子供のなかの自然の成長力を奪う時

その子がどんなに不幸になるか、
みんな知っている。
それでもある人びとは
子供に知識を詰めこむことを止めない。
国のことだって同じさ。
国民にやたらに情報をばらまいたって、
そしてますます小利口にしたからって、
人びとは平安なライフを持てるわけじゃない。
それはただ競争心をあおり
先への不安を深めるだけなのだ。
国や会社のトップ・リーダーだって
もっと素朴な原理に従わねば駄目なのさ。
私は愚民政治や愚者の天国を勧めてやしない。
あくまでバランスの問題なんだ。

昔は違っていたのだがね、
いまは情報過多だ、それも
気狂いじみるほどなのに、
タオの自然のエナジーは
ますます無視されている。
だから強く言うのだがね、
このタオの自然、タオの創成の力は
実に深くて、実に遠くまで
ゆきわたっている。だから
私たちはもう一度、
この大きなタオの働きに戻って、
そのエナジーに従ってみることだ。
そうすれば、世界はいつか
大きな調和の途《みち》へ向うだろう。

物や名誉を争うために
知識をいくら詰めこんだって
世界の平安も人びとの幸福も
やってはこないよ。

第6章

二つのバランス

月

伊那谷の家の庭からは、月が出て、また入るのが見えるんです。

東の山脈からゆっくりと昇った月は、やがて南の空に移り、唐松の林を超えて駒ヶ岳の峰々、西の稜線へと消えていきます。

都会にいたころは、月のことをすっかり忘れていました。高層ビルや明るいネオンの陰にかくれて、ほとんど夜空を見上げることもなかった。

こちらにいると、〝月光の力〟をよく感じる——そんな詩をいくつか書きましたよ。

その詩のひとつに、野に広がる月光と一体化した自分の印象を述べたものがあります。自分が青くて柔らかな光と、すっかり溶け合ってしまったように思ったのです。

そういえば、ある晩、泊まりにきた次男と僕は縁側に座って、七時ごろから夜中まで、月を眺めてたことがあります。

ふたりとも、ただ呆然として月が東から南の空へ移るのを眺めていて、ろくに口をきかなかった。あのときの息子も僕も、都会で抱えこんだ悩みや心配で、頭が唸っていたのでした。月の光を愛《め》でて歌を読む、なんて心境じゃあなかった。

しかし、しまいに立ち上がってテーブルにもどったとき、ふたりとも、かなりさっぱりした顔になっていました。

都会でのささいな心配事や欲望が、月光のなかでは〝あらぬ妄念〟にみえてくる。そんなことはどうでもいい、と思えてくる。

太陽と月とが僕らに与えるバランス、ですね。

冬がいい

この谷では、春夏秋冬の、どんな時季もいい。

観光業者がわざわざ探す自然と違って、ここの自然は、ひとに見せつけない「自然体」でいるんです。自然というのは、自分の美を誇示しない。花鳥風月なんでいって愛でるのは、人工の観念の産物です。

人に見せつけない自然からは、何とも言えぬたしかなうれしさが伝わってくる。こちらは、ただそれを自分だけで喜んだり、わくわくしたりすればよいわけです。

ここではあらゆる季節に喜びを発見するけれど、冬の最中がいちばんいいですね。


空気がクリアーだから、空も真っ青で、遠い雪山がじつによく見える。そして、何よりも静かだ。近ごろは部屋が暖かいので、ぬくぬくとしながらそんな冬のすばらしさを満喫できます。贅沢《ぜいたく》なものですね。

年とともに、こうした四季の美しさがやっとわかるようになってきたんです。たとえば前に話した夕菅の花の美しさ、気高さを知ったのは、六十近くになってからでしたよ。

年を食ったことで、またまったく新しい意識が生まれる。さまざまな風物と自分の情念の結び合いが起こる、自然のなかにいると、こういう不思議さがわいてくる。年齢を重ねるほどそうなってきて、それで「いまここにいる」という自分が、ふと自覚されるのです。

人力飛行機と詩の翼

そういえば、僕がこの中沢の家に移り住んだころ、おもしろいことがありました。僕を訪ねてきた近所のコーヒー店の主人であるH氏が、こんなことを言ったのです。

《「加島さん、あなたがこの中沢にきてから半年になりますけど、この村の人たちが加島さんのことを、なんと噂しているか、知っていますか」

古い家のつづくこの村の人々が、私を好奇な目で見ているとは感じていましたが、なんと言われているかとなると見当もつかず、私はただ笑って頭を振りました。

H氏はさらに言いました。

「もう何年も前のことですが、この中沢に一人の変わった人が住んでいたんです。

科学者らしくって、やはり一人暮らしで、いつも天竜川の土手に出ていっては、自分の作った足踏み飛行機で飛ぼうと苦心していたそうです。両足で踏んでギヤを回転させ、大きなプロペラを回して、川風に乗って飛び立とうとしたんだそうです。

どれくらいそんなことをしたのか知らんですけど、とにかくその科学者は、ある日姿を消してしまった。

それでですね、このごろ村の人たちは、加島さんのことを、あの手製飛行機を飛ばそうとした人だ。あの人がまた戻ってきたんだ、と言っているそうですよ」

あまりの意外な噂話に、私はちょっと返す言葉がなかったのですが、しまいには、思わず笑い出したのでした。それというのも、その噂話が、まるっきり見当はずれでもないと感じたからです。

たしかに私は、科学的マインドをまったく持っていなくて、手製飛行機どころか、あの紙貼りのプロペラ機さえ作れない人間です。少年期に二、三度、ゴム紐をぐるぐるねじって飛ばす紙貼りの飛行機を作ったことがありますが、どうしても飛ばなくて、自分の才能がこの方向にはまったくないと悟ったことを思い出します。

しかしまた同時に、私という人間は、この伊那谷の山里にきて、自分の詩という手製の飛行機を飛ばそうとしているのだ、とは思うのです。

横浜にいるときの私は、詩の翼に乗って飛ぶことがなかなかできなかった。伊那谷にくると、不思議に詩の翼が動き出した。その意味で、手製飛行機で飛び立とうとした科学者と同じように、私もまた、天竜川の川風に向かって立っている、奇妙な人物といえるでしょう……。》

花を咲かすものは

生まれたときは
みずみずしく柔らかだ。
死ぬ時は、こわばって

つっぱってしまう。
人ばかりか
あらゆる生きものや草や木も
生きているときは
しなやかで柔らかだ。
死ぬと、
しぼんで、乾き上がってしまう。
だから、固くこわばったものは
死の仲間と言っていいだろう。
一方、みずみずしく、柔らかく
弱くて繊細なものは
まさに命の仲間なのだ。
剣も、ただ固く鍛えたものは、折れやすい。

木も、堅くつっ立ったものは、風で折れる。
もともと強くて、こわばったものは、
下にいて、根の役をすべきなんだ。
しなやかで、柔らかで、弱くて
繊細なものこそ、
上の位置を占めて、
花を咲かせるべきなんだ。

（『タオ――老子』第七十六章）

世間と正反対

あるテレビ番組に出たとき、対談相手の金光寿郎《かなみつとしお》さんがこの第七十六章を朗読したあと、「これは世間とは反対のことを言ってますね」と言った。「強いものは下にいて、弱いものは上の位置にいるべきだ」という老子の言葉の部分です。たしかに世間の常識では、強いものが上にいます。老子の言葉は、この世間の常識とは正反対です。

僕は、庭を指さして、「あの草花はみんな、老子の言う通り、柔らかな弱い花を上に付けているじゃないですか」と答えました。

たしかに世間では、一般に強いものが上にいて、弱いものが下になると考えています。それは、二千年来、東洋と西欧の世界の男性優先主義male chauvinismからきていて、「柔らかさ」「優《やさ》しさ」を思想の中心にすえたものなど、どこにもなかった。

林語堂は、老子の「柔弱《にゅうじゃく》」という言葉を英訳するにあたってgentlenessという語を当てています。僕はそれを読んだとき、「これだ」と思いました。老子の「柔弱」は、「優しさ（ジェントルネス）」のことなのだ、とね。

その柔弱は、ただ柔らかで弱いだけではない。柔という字は「矛《ほこ》」と「木」から出来ている。「しなるけれども折れぬもの」「しなやかな木の強さ」の意味もある。

「弱」という字も、弦《つる》を張った弓を二つ並べたものであり、よくしなるものを表わしていたようです。

だから本来の「柔弱」も、「しなやかな強さ」をもつ優しさと考えられます。

老子は、「柔らかなものの強さ」を説いた人です。この点が英訳の『老子』を読んでいて、とてもはっきりわかったのです。

アニムスとアニマ

どんな人のなかにも
男性の素質（アニムス）と
女性の素質（アニマ）が内在している。
君のなかの固いアニムスをしっかり意識しつつ
柔らかなアニマをつねにはぐくむ、
そうすれば君は
あの天下の谷から流れでる水につながるんだ。

いつでも
あの無限のパワーから流れでる水を辿って
幼子の心に戻れるんだ。

（『タオ――老子』第二十八章より）

女性の力

老子をまねて僕が言うとすれば、「若者の体は柔らかいが、心は固い。老人の体は固いが、心は柔らかい」。

青年期、壮年期の人間は、目的意識で突進し硬直した気持ちになりがちです。だから若い人の心は固い。熟年をすぎると、目的意識から解き放たれて、自由な柔らかさを持つようになる。

人がそういうバランスを自分のなかに作ったとき、〝いま、ここ〟での条件を受けいれて、悠然としていられる。

目的意識とは、欲望、あるいは執着心といってもいいでしょう。老子は、かならずしも欲望を否定はしないが、それに取り付かれるのを警告しています。

そして、欲望を組織化し固定化するのは、いうまでもなく〝男社会〟＝男性原理の力によるものだ。

その社会では、年をとるとともに体は固くなるばかりか、心も固くなる。それは、全体の問題であるのだと老子は指摘するのです。

柔らかさというのは、女性原理のいちばんの特徴でもあり、また「自然情報」の特徴です。女性にはさらに、〝奪い、所有する〟という男性的本能とは異なった、〝育《はぐく》み、分け与える〟という本能を、よりたっぷりそなえている。

こちらもまた、自然の営みにつながるところでしょう。

男性中心主義に傾きすぎた現代世界のバランスを回復するには、女性的資質と、自然の力にもっと頼る必要があると、僕は思っています。

もともと人間には、男性・女性を問わず、誰のなかにも〝男性性〟と〝女性性〟があるものです。そのことを西洋世界できちんと言い出したのは、おそらく心理学者のグスタフ・ユングが最初でしょう。

さきほどの老子の言葉を、僕が和訳したもののなかに、女性の素質（アニマ）、男性の素質（アニムス）という表現が出てきましたが、アニマ、アニムスというのは、ユングの用語です。

しかし老子は、はるか紀元前にそのことに気がついていた。そして、男＝オスの働きを社会的な活動ととらえ、女性＝メスの働きは、根源の生命につながるとみた。

老子は、この両者がひとりの人間の中で調和することを、非常に大事と考えていたんです。

なお、同じ章に出てくる「天下の谷」というのは、別のところで「玄妙《げんみょう》の門」とあるものと同じで、要するに生命を生み出す〝女陰〟のことです。

さらについでにいえば、僕の住んでいる伊那谷のすぐ裏には、有名な大地溝帯フォッサ・マグナが走っていますが、このフォッサ・マグナという言葉は〝大きな女性性器〟という意味だそうです。

君のHere-Now

虚の大いなるパワーにつながると
君の意識はほんものの自由を、
手に入れることになる
だがね、ただの利口や成績優秀、
能率一点張りの人だったら
恵みにあずかれないんだ
何しろ虚のパワーというやつは、
在《あ》りそうで無いもの
無さそうで在るものなんだ
もののエッセンス
純粋なるイメージ
形の原型、

いわば全てにひそむ不滅のエナジーなんだ
そいつは太古から現在まで続いているから
名付けようのないものだ
万物をまかなうパワーなのに
誰のものでもない
これをどうしたら知ることが出来るかって
いま在る君自身を、
よーく感じることさ
君の Here-Now を
自分全体で感じることさ

（『タオ──老子』第二十一章）

………いま、ここ

この章の終わりの前の行は、Here-Now とあります。〝ヒア・ナウ〟つまり

「いま、ここ」と言うことですがこれは一般には、未来や過去にとらわれていないで、〝今〟を十分に生きろ。というような意味に受け取られているのでしょう。

これでいいのですが、やっぱり少しワナがある。それは「いま、ここ」を固定して考えてしまう、ということです。

そうではなくて、これは生きている働きだ、つまり「いまここでの動き」、動いているものととらえたいのです。すべては常に動き変化する。だから「いま、ここ」だけが真のリアリティだ。それが、老子の言おうとしている、道《タオ》の働きなんです。

老子自身がいうように、まことにとらえがたいもので、僕はこれを、宇宙に満ちあふれるエナジーと言い直すんです。このタオのエナジーを受けとめるのには、ヒア・ナウに感じなければならない。

道《タオ》エナジーは不滅であり、しかもつねに動いている。だからヒア・ナウとは、「過去から来て今に至っている動き」と「これから先へいく動き」との接点、という意味だと思えばいい。

「いつも動いていく存在」「瞬時も休まない here-now」「大きな動きのエナジーを含んだ存在」

こんなことを言っても、抽象的に思われるかもしれません。しかし、これが自分のなかに潜んでいると実感するのは、具体的なことです。

たとえば〝火事場の馬鹿力〟というぐらい、瞬時に発揮されるようなすごいエナジーがわれわれのなかに隠されているわけですね。瞬発力といってもいい。これは、激しいものであると同時に、非常に柔らかいものです。みんながスポーツを楽しむのは、その瞬間を味わいたいからです。

そこでは、自分もそういう存在なんだ、という意識をもつ。もちろんそのエナジーは、意識しても出せないものですが、そういう働きが自分にあると気づくだけで、大いに元気がわいてくるこの「ヒア・ナウ」の心を書いた僕の詩をあげておきます（詩集『晩晴』より）。

「年歯」抄

現在のなかに涙はない
涙は過去から浮き上がるのだ
現在のなかに恐怖はない
恐怖は未来からおりてくるのだ

現在の一瞬にあるのは
脈打っている命だ
そこに
第一の愛が動く——Passion
そしてわが師は言う
「その愛は去るだろう」と

お前はその年歯に至ったのだ
と私は自分に言う
山を見ていたがるお前ではないか
雲の白さの心に滲みるお前ではないか
そこから
第二の愛に至るのだ――Compassion

その道も現在のなかにある

一人でいるとトータルだ

一人でいると、〝生きている意識〟が鋭くなるんです。ヒア・ナウの意識がつよくなる、といってもいい。

一人で伊那谷の小屋にいたとき、ガラス戸の外から僕を見つめるヒゲ面の男を見て、ぎょっとしたことがある。

すぐにそれは、僕自身のガラスに映った姿だと知ったけれど、そのときに起きた感情は、淋しさではなくて、むしろ自分の実在を鋭く感じる面白さでした。風の流れを見たり、木々の葉の細かな輝きに魅せられたりした経験は、僕が一人で、そこにヒア・ナウとして存在したから、起こったことだ。僕の一人暮らしの理由は、こんなところにもあるんですね。

もうひとつ、僕が一人でいたがるのは、そうするとトータルになれるからです。多くの人が僕を、画家・詩人・翻訳者・大学教授・手前勝手なフーテン……などと、分裂した存在として扱う。そしてそれは仕方がないことだけれど、一人でいると、初めてそんな〝ジャンル分け〟を超えた、ただの自分にもどることができる。

それがトータルということです。都会にいると、僕は分化される自分しか、感じられない。

自由への願いは、けっきょく〝我欲からの自由〟です。さらにいえば、〝自己からの自由〟とも言えます。分裂した自己から、トータルに自分になればもっと平静なものになる、という意識なのかもしれません。

これは誰もが心の底に持っている願望だと思います。

ALONEとALL ONE

ALONEという言葉は、〝一人〟という英語。けれども語源はall oneから来ているんですね。

all oneの意味は「全体としての一」です。aloneには淋しいという意味もあるが、同時に積極的にI'm aloneといったら、自分全体、全体としての自分という意味にもなる。オレ一人で十分なんだという、自足した世界を含んでいるわけです。

全体としての自分を自覚しようとする人は、ときどきは一人になる必要があるようです。

それは、社会に奪われた自分を取り返す、社会からの奪回運動なんです。でも、社会のなかにぴしゃっと入っている人は、そこでの喜びを持っているから、奪回運動などしなくてもいいと感じています――それでいいんです。

バランス

僕がたえず口にしようとしているのは、バランスということです。

ブッダはこれを「中道」と言い、孔子は「中庸《ちゅうよう》」と言い、老子は「沖気」と言っているようです。

これらは、いまの言い方では、「バランス」が当たっているかと思いますね。

僕はずっと前から、中庸とか中道とかいうのがよくわからなかった。実際に生きてゆくのには、どこが中庸なのか、どんな道が中道なのか、見えなかったんですね。

いま、すこしわかりかけています。中道とか中庸とかいうものはない。観念ではたしかにあるけれども、具体的にはありえない。

だってそうでしょう。人間の内側の心も外の環境も、たえず変わってゆくんです。刻々に変わってゆくものの中道なんてありえない。今どこかに中道があるとしても、ほかの誰にもあてはまらない。まったく個人の中道しかない。

ただし、一つだけ確かなことがある。それは「いまここでの自分」にとって、どこがバランスかです。どこがほぼ中道か、ということです。

僕らはみな、内側では違った条件を持っている。「ほどのよさ」は、みな違っている。

グラス一杯で「ほどよい」人と、五杯で「ほどよい」酔いになる人とがいる。自分だけの「ほどのよさ」を知ること——このバランスだけは、自分でとれる。それは〝いま、ここ〟での自分にある「バランス」であり、次のときには変わっている。

自分のバランスをいつも、自分のなかにとらえて自覚している人は、人生の達人でしょうね。僕なんか、まだまだそこからは遠いけれど、「自分のバランスは自分でなければ見つけられない」とは知っています。

とにかく、中道や中庸とは、世間の定めたものであり、自分個人のなかに見つけだすバランスとは別なのです。まず自分のバランスを知り、そのうえで、より大きなバランスに目を向けるべきでしょう。

センスの問題

そしてもうひとつ。自分のなかのバランスは、頭や機械では計れないことです。

それは自分全体のセンスから感じとるものです。頭だけで計るバランスシートは、かならず〝欲〟がベースになっていますが、本当のバランスは、欲と無欲の、両方の能力から出てくるものです。

だから、「勘」がとても役に立つんです。それは、あなたのなかの自然情報と人工情報のバランスを感じとり、そこから判断をくだすんです。

たとえば、生活のなかで、どこまで自分一人でいる時間を大切にし、どこまでみんなと分けあう時間をもつか。そのバランスを心得たら、一人前ですね。

社会的に一人前だとかいうのは、その人の半分の能力です。個人としてもう半分の自分の能力を使うことで、その人全体のバランスを保つことになる。そのためにはたらかせるのが、「勘」。

バランスを保つことで、自分のライフを生き生きさせてゆくことです。

有と無のバランス

古代中国の根本の考え方には、〝陰陽〟の思想があって、孔子と老子の中庸はこの陰陽にもとづいているのでしょうが、二人は違った中庸観を語っているようですね。

「社会の中で生きる人間として、バランスをとれ」と孔子は言う。

これに対して老子は、「〝人間の世界〟と〝宇宙意識の世界〟との間にいる自分のバランスをとれ」と言う。

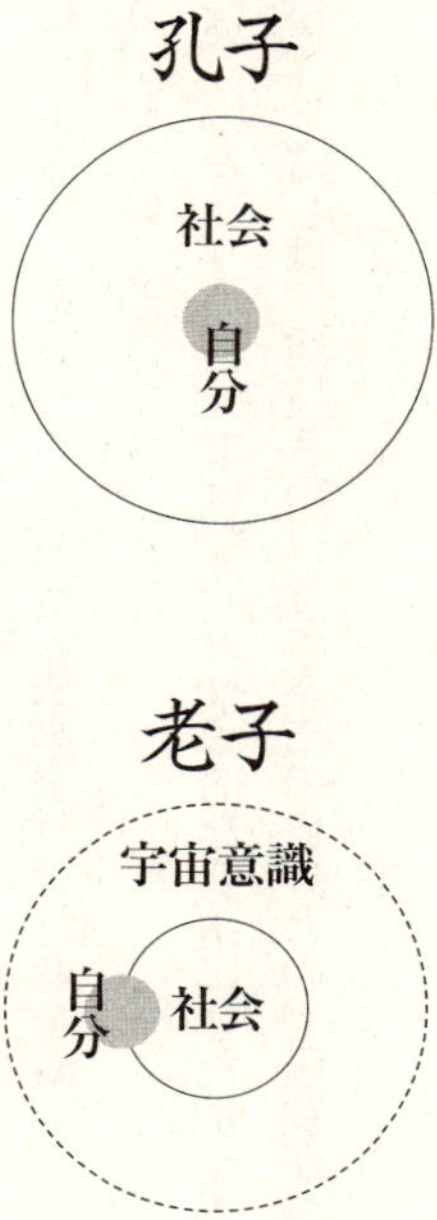

要するに、孔子は、「有」の中だけのバランスなんですね。「有」というのは社会の思想です。だから孔子は、バランスのとれた社会人になれ、と言ったわけです。

「身を修めよ」と言う。そうすれば「家庭が平和になり」「国は治まり」「社会は平和になる」。これが、儒教の政治思想です。

しかしその個人の生きる喜びが、元になければそのバランスは本物ではない。社会の規準や道徳だけにしたがっていくと、自分という個人は、中心を見失ってしまう。やがては、自己喪失に陥ることになる。

いっぽう老子は、そういう社会と、それを包むもっと大きな宇宙とのバランス、命の根源であるエナジーと社会の間にいる自分を自覚させるのです。それが、老子の中庸ではなかろうか。

……ゴッコ

多くの社会人、とくに男性は、ある種の演技者ともいえます。

つまり、ビジネスマンを演じ、政治家、法律家、経営者を演じ、○○大学の先生を演じたり、しているわけです。

演じるのは、ほんとうの自分ではない、社会的な要請にしたがってうごいている自分ですが、しばしば、演技者の自分と本当の自分との、区別がつかなくなるのです。

××会社の部長ゴッコ、△△省の次官ゴッコをやっている自分だけしかない

――もうひとつの自分を忘れてしまっている。

自覚のある人は、家に帰れば、まったく違った自分を取り戻して、そこで一個の人間として、だらしなく生きたり、家族にベタベタしたりと、普通の人間にかえっているのかもしれません。

彼、彼女はそこでバランスをとっているのであって、ゴッコしているときの姿形だけではアンバランスな存在です。

もし、官僚ゴッコとか金儲けゴッコなんかしている人間が、家に帰ってきてまでもそれをやっているとしたら、もう手が付けられない。

はっきりいってクレイジー、その人の心は、長生きできないんじゃないか。

公と私

ただあえて言えば、日本人ははっきり分けすぎているんです。個人のライフと公的ライフとをね。その片方ずつ、まるっきり別の人格しか見せないわけ。

ところが外国の連中は、個人としての人間性というものを、集団の仕事のなかにも持ち込んで、そこでもその自分を発揮しようとする。

そこが大きな違いなんです。外国に出た日本の事業家や商社員は、公的ライフの自分しか見せない。だから非人間に見えちゃう。私的感情を見せず、個人的な言葉を使わなくて、決まりきった言葉を繰り返し言っているだけです。こいつ人間かって、西洋人は思うわけです。

しかし日本社会では、この公と私の区別は大切なのです。勤め人は、公に私を持ちこめない。その傾向が強まって丸ごと会社にからめとられていて、家に帰ってもヌケガラとなる――こんなふうに言う人もいます。この傾向はあるでしょうが、しかし僕はそういう強引な一般論は好きじゃないのです。「メシ・フロ・寝る」だけで生活している人なんて、ごく少ないんじゃないか。

私的生活では、その人なりに楽しんでいるはずです。まあ、すべてバランスの問題ですね。

肉体と頭の関係

僕の知り合いが手を骨折して、右手が動かなくなったときききました。その人は物書きで、右手はとても大切だった。

しかし僕は、「それはオメデトウ」と言った。その人は妙な顔をしたけれど、その程度のケガは今のあなたには恵みだと、僕は言ったのです。骨折し、体の一部が、初めて頭の言う通りに動かなくなった。頭の命令を拒否したんですね。その人は不便でしょうがないと言うが、それは、頭の側からみてのこと。体サイドからみれば、休んでバランスを回復するチャンスなんです。あなたの体はいま〝頭の操《あやつ》り〟にしたがっていないから。

今までオートマチックに両手でやっていたことが、こんどは自覚しないとできなくなった。つまり、頭による肉体の機械化から、逃れた状態なんです。

だからケガは、肉体の自己防衛の意志の現れだと、僕は解釈する。その人の体が機械化した度合いによって、二週間で治るケガをするとか、三カ月のケガをするというふうに、肉体が要求したのかもしれないと思う。多くの現代人は、本当は〝全治半年〟くらいのケガをしたほうがいいような状態にまで、追い込まれているかもしれない。

ケガをすると、最初は思うとおりにならなくてイライラする。いつも頭の命令にしたがっていた癖があるからです。でも、肉体は違います。

それで、しばらくしてそのケガの状態を受けいれ、頭が諦めて仕方がないと思ったときに、はじめて少し、肉体と頭のいいバランスに戻るんです。

肉体が言うことに、今度は頭がしたがうようになるわけです。

そこが、いまの人間のバランス点なんですよ。ケガをしたり年をとったりすると、頭の言うとおりには体が動かない。しかしその状態を受けいれれば、体の言うことを、今度は頭がきいてくれるようになってくるんです。

老子の「タオ」の中庸は、自分の全体のセンスを働かせないとつかめない。社会と〝大いなるもの〟との間にいる自分、そのバランスは、頭脳と体の感性の両方を合体させてとるものなんです。

老人の柔らかさ

人はさまざまな経験を体にためこんで、やがて肉体と頭とのバランスをうまくとれるようになる。そんな人になるというのが理想です。

僕の少年のころには、ゆったりとした朗らかな老人、つまりバランスをうまく獲得した人を、よく見かけたものです。このごろは、年をとっても、頭が肉体の衰えにしたがわないでイライラしたり、こんなじゃなかったという思いでいる人がいるかもしれない。

つまり、一生アンバランスなままでいて、頭で死ぬということになってしまう。これでは、自分が死んだという感じがなくなるのではないか。

欲望は精神活動全体ではない――その両方を、いっしょにしてはだめなんですよ。

自分は今までどんなに〝遺伝子の欲望〟にとりつかれて動いてきたのかと、自覚できればしめたものです。

もっとも僕もまだ、欲にとりつかれている。ただその自分に気づいているのです。そこから先にある理想の自分をいま話しているわけです。

ゲームと本能

いっぽう、若者が本能だけの方向に行ってしまっているなどといわれますね。本も読まずに、ゲームの世界にハマっているとか——。

もちろん、そういう側面は多分にあるでしょう。でも僕は、それもひとつの健全な方向だと思っているんです。なぜならそれは多くの若者が、社会での出世の欲望ってやつに、うんざりしはじめたからだと思うのです。

日本の教育はまさに人工情報そのもので、頭を使っての利害の算術からはじまり、すべて、競争世界の中に入っていく準備ばかりしているわけですよ。

つまり、先生がそういう知識しか与えていない。むしろ、断片的な情報だけを、与えているのかもしれません。

しかしそんなものは、もう必要ないんです。かつての貧しい時代なら、刻苦勉励して、知識を得て、それを利用していい暮らしをするための地位に就き、お金を稼ぐ。そういうことをしなくちゃならないという、社会命令みたいなものがあった。

今の若い人たちは、直感的にそんなことは必要ないと、思っているんじゃないですか。

頭の世界から離脱したらバカになるかというと、ぜんぜんそうではありません。すなわち今の若者は、自分の興味のあるものに向かえる。

そういうことで、初めはゲームに熱中するだろうけれど、ゲームの熱が過ぎたあとは、必ずまた自分の興味のあるものに向かおうとするでしょう。

若者なりに、バランスの回復過程にあるんです。

我慢は必要か

我慢とかガンバレなんていう通念は、捨ててもいいでしょう。ほうっておいても、人は興味をもつものには、すごい努力をするものですから。

〝いま我慢しない若者はすぐ暴力にいく〟、などと考えるのは、違っていると思う。むしろ「我慢しないでいいよ」と言ったとき、はじめてその子は正常に戻るのであって、だから優しくなるんですよ。

反対に、「我慢しろ」と命令するから、暴力的になる。

しかし学校教育などでは、恐がって子供を自由にはやらせられない。親もそうです。

でも大人だって、考えてみてください、自分の自由に育ったら、そんな滅茶苦茶に暴力をふるうだろうか。

逆に言うと、自分を少し自由にしてみればわかるはずです。

自分を少しでも自由にしたら、滅茶苦茶のことをするかといったら、そうじゃない。むしろ楽しくなって、その自分を大切にしはじめる。

若者が勝手なことをするというのは、〝勝手なことをするな〟という束縛があるからなんですね。似たようなことは、老子も言っています。

僕らもあんがい、一人っきりだと、ちゃんとしているものです。自由になればなるほど、自分が自分の主人公、という自覚が出てくる。すると、自分を大切にするようにもなる。そして、相手も大切にする。

老子の言葉に「自ら愛して、自らを貴とばず」というのがあります。「自分を愛することだ。だけど自分を偉い者にしちゃいけない」という意味です。

生きやすい世

僕にとって、今の世の中は非常に生きやすいものです。こんなにいい時代はない、日本のすべての歴史のなかでも、ほかにはなかったと思う。

もちろん、自分の年齢がここまできて、社会保障や年金やらでかなり保護されているという、外的条件があります。

しかし、そういった個人の事情を抜いても、こんなにいい時代はない。ほとんど〝ゴールデンエイジ〟に近いような気がする。

しかし、今の日本人のなかには、絶望している人もいるなどという。

でも、一億人いるうち、絶望している人々は、わずかな数にすぎないと思う。それを「みんなが絶望している」と表現する。マスコミ的な言い方なんでしょうけどね。

大都会の暗い事件が大きくマスコミに取り上げられることじたいは、社会の表面にポッとわいた泡みたいな程度の現象であって、どんな時代にも、少しはそういうことがありました。

僕は伊那谷に暮らし始めて、こちらの青年に会って、そんな暗いムードなどは、まず見たことがない。将来のことに不安をもったり、やる気がなかったりという青年は、会ったこともないんですよ。

要するに、都会では無気力になっている人たちが少しはいるかもしれないけれど、それはけっして、今の若者の代表者じゃないという。なんといったって、全人口からいえば、地方のほうがずっと多いんですから。

都市と田舎のバランス

われわれが文章にする世界とか現象とかは、大都会中心のものです。

しかし僕らは、東京や大阪だけが文化の中心、判断の中心じゃないということを、認識すべきだと思う。とくに何かの事象を判断する場合、都会じゃないものをもっている地方の人々と土地柄を取り入れて、考え直さなくちゃいけないと思う。

僕の家も谷の中にある。まわりの広大な山は人っこひとりいない、大きな山岳全体がそうです。これは都会で住む人々にはまったく失われた感覚でしょう。

都会はいつも、自分たちだけの視点というものをきっちりもっていて、それ以外からは判断しない。しかし地方には、ほとんど無限に近いくらいの感覚や、さまざまな視点があるんですよ。すなわち、これが自然情報の偉大さですね。あるいは、『老子』の〝大いなるもの〟といってもいい。

都会と田舎。これもまた、バランスです。

だから、ものを考えるときは、その両方のバランスで考えたほうが健全だと思う。地方だけを強調するんじゃないけれど、そうかといって、都会も強調しないで。

もっといいバランスが、日本のなかに生きている。日々を暮らし、健全に過ごしていく人たちが大多数だということについても、考えたほうがいいのではないだろうか。

シンプル・ライフ

夏のある日。

《朝食の前に、ちょっと畑に行って、トマトとレタスとチサをつんできてサラダにする。ときにはナスをもいできて、味噌汁の実にする。

そんな小さなことが、妙にうれしい。

昼間は少し何かしたり、歩いたりして、夕方は大きな山々の夕映えと涼しい風の庭で、籐椅子に寝そべって、一時間も二時間もぼんやりしている。しまいに、東の山の端に月が出るのを迎えたりする。

ある日は、小学校の脇のプールに入れてもらったのです。ただプールだけあって、ほかに何もなく、まわりは、緑の山と林と、天頂に太陽というだけでしたが、なんともいえぬ閑寂な水遊びでした。

なぜ、こんなシンプルな日々が楽しいのか。

結論もまた、シンプルです。私は変わったのだ、ということです。

「土一升金一升」の都会に生まれて、人工文明に囲まれて育った私ですが、六十年が過ぎて、そのころには思いもかけなかった自分を、いま、ここで、見出しているのです。

自分が変わったのを見ること、それは驚きであり喜びでもある。その裏には哀

しみもあるのですが、哀しみはごく小さい。》

小さな国

私の大切にしたいのは
国の大きさでも繁栄でもないよ。
その国はごく小さくていいし
人口も少なくていい。
そこに住む人はみんな
生きることと死ぬことを大切にするから
船や車で遠くとびだしたりしない。
すこしは武器らしいものを持つが
誰も使おうとしない。
売り買いの取引は簡単で

縄に結び目をつけて数える程度だ。
そして食事はゆっくりと味わい
着るものは清潔で上等な布だ。
落ち着いて暮らしていて
毎日の習慣を楽しんでいる。
隣りの国は近くて
犬の遠吠えや鶏の声が聞こえるほどだけれども、
そんな隣国と往き来をしないまま
年をとって、静かに死んでゆく。

(『タオ——老子』第八十章)

自由と芸術

自分の自由とはなんだろうか……。それを別の側面から見れば、次の瞬間に状況がどう変わろうと、それに応じることができる自分、そういう自分を持っていることだといえるでしょう。しかし自分が巻き込まれているときには、相手が変わったら、自分もひっくり返ってしまいます。

外側の動きとは違った部分を、自分のなかに持てるということですね。それが、ほんとうの知恵というものかもしれない。

そういう日常になったら偉いと、僕は思っています。

僕は〝山の人〟＝仙人なんかではなくて、〝谷の人〟＝俗人ですからね。

しかし芸術は、たぶんそういう境地を教えようとしている、あるいは伝えようとしている。

音楽家を見てごらんなさい。あれだけ精妙な音楽を奏でるために、自意識を忘れる境地が必要だけれど、同時に演奏する自分をコントロールする、もうひとつの「我」も必要ですね。その「我」は、自我より大きなものにつながっている。自分が演奏していることを意識せずにいて、さらにそれを超えた、大いなるものに連らなってもいる。

――こうしたバランスが、本物の芸術家には働いているのでしょう。東洋でいえば、禅の心に近いかもしれない。西洋人は、いま言ったような部分を、とてもわかりやすく言おうとするんです。

僕は、禅のことはほとんど読まない人間だけど、それでも何かわかったような気がしてきているのは、最初の小さな本から始まって、英語で書かれた、禅に関する本を読んだからです。すると、つくづく、われわれ日本人が見失ってしまった非常に大切な部分を、西洋人が一生懸命、吸収しようとしていることがわかります。

欧米やインドの高い知性人は、そういうバランスを正確に考える能力を持ち、英語でそういうものを表現する。英語はそのためには、じつにいい能力のある言語なんです。微妙で複雑なことを明確に表現するのに、英語はすばらしい言語ですね。
だからその点で、僕が英語を学んだということは、非常に幸いだったと思います。

画冊「夕菅帖」より

◎七月二十九日
雲ようやく去らんとす。たけ高き花姿を夕暮れのなかにあらわす。夏の喜びなり。
　夕菅の庵《いおり》と名付け住み暮らす　夢よりさめてひぐらしを聞く
午後五時
晩晴の一刻。昨夕の三花はしぼみ、新しく夕菅の一花ひらかんとす。
午後六時三十五分
この花はつねに沈む陽に向かってひらく。大いなるものを見送るがごとく。

◎八月一日　午前六時

八月朔の朝日が谷を照らす。昨夜、夕菅は新しき花冠を頭につけたが、その花はいま、朝日に背を向けて萎え、しぼもうとしている。

◎八月四日　午後六時

陽やや陰りて、ようやくベランダに坐った。最後の花をとどめんと覚悟したのだ。

と、たちまち西空にひろがった雲は雨滴をちらしはじめ、画作を屋内に運び込む間に、夕立がそそぎはじめた。白雨《はくう》となり、風も加わった。

雨にも風にも意志があり、最後の花まで咲かせつくした一茎の草を誉めたたえているのかもしれない。

なぜなら、白雨たちまち東の山に去るや夕空が雲間に見えはじめ、ひぐらしも鳴きだして、そのとき、虹が出たのだ。夕菅の向こうの谷間に……。

終わりに

五感なんかで確かめられないものこそ
ほんとの実在なんだ

細かすぎるものは
いくら見ようったって見えないし
あんまり微かな音っていうのは
いくら聞こうったって聞こえない。
まったく凹凸のないスムーズな面は
手でさわったってそれと感じない。
こういういくつもの「微」の極みが
ひとつに融けあっている空間――
それは無に見えるけれど、

とても充実したもの、もうひとつの、
もっとすごい実在だといえるんだ。

限りなく高く登ったって
そこはただ明るいだけじゃあない。
限りなく下へ下へくだったって
そこは真っ暗なだけじゃない。
すべてが絶え間なく連続し、動いていて
すべてが
名のつかないあの領域に戻る。

形のない形だけの世界
ないものだけの在るところ。
いわば本当の抽象ってやつだ。

出会ってもその顔つきの分からない人みたいだし
あとからくっついていったって
その背中の見えない相手だ。

限りなく古くて新しい相手、
それはどこにもあり
ぼくらひとりひとりの内側にも
動き働いている。
こういうふうに思うと
タオという道を信じるほかないだろう。なにしろ
あんな大昔から今までずっと
ずっとこうして続いているのだから。

(『タオ――老子』第十四章)

……もうひとつ終わりに

タオの話を聞いた人はみんな言うんだ、
「タオってえらくでっかい話だけど
どこか間が抜けてて、馬鹿くさいね」と

そう感じるのも、私の話すタオが
ほんとに大きいからだ。
もし大きいものじゃなかったら、
とっくの昔にもう、みんなに
軽く扱われて、忘れられているさ。

（『タオ――老子』第六十七章より）

僕も十五年前は、同じように言ったものです――。

「老子って、なんだか馬鹿くさいね」と……。

あとがき

この本は私の身の上話めいた内容になっているけれども、それは結果のことなのであり、はじめはそうでなかった。

最初は「自由」について、私が体験談をまじえつつ話してゆき、ひとつの小著をつくろうとしたのであった。しかし話があちこちに伸びがちとなり、このようなものとなったから、読者は気の向いたページから読みはじめてくれるよう、願っておく。

題名についても、ちょっとまぎらわしいので、付け加えておきたい。

老子は私たちに「もう少し自由に生きたらどうか」と言っていて、私はその方向のライフにわずかに取り付いた者にすぎない。それもこの谷に移ってからの数年のことであり、「老子とともに」といった暮らしにはまだほど遠く、まあ道の入り口にたどりついた、といったところなのだ。本書の題は、そのようにとってくださるとうれしい。

題のみでなく、最初の発想から構成、そして叙述まで、旧知のエッセイスト三善里沙子さんと、編集部の川端博さんの尽力があって本書はできあがったのであり、お二人に深く感謝している。

新米のタオイスト・加島祥造

一九九九年師走　伊那谷中沢にて

編集部から

著者は、詩壇や英米文学界では知られていたが、数年前に伊那谷へ移ってのちは、その名はおおむね世間からは消えていた。

この本は、じつに不思議な経緯で成り立っている。

直接のきっかけとして、今はなき小社の月刊誌「宝石」のなかでの作家・城山三郎氏と著者との対談があった（一九九八年）。タイトルは『人は経済のみにて生くるにあらず』。文字通りの内容で、著者は自分の伊那谷での暮らしを淡々と語った。

それを知ったあるテレビ局が、翌年、著者のもとにインタビューに訪れた。『こころの時代』というシリーズの長時間番組で、そこでも著者は、今の生活や思いを問われるままに答えた。

続いて最初の対談を担当した編集者が、著者と長い話をしに出かけていった。その話には、著者の古くからの知り合いの女性エッセイストが加わり、思いもかけぬ方向に展開した。

〝座談〟が持たれた場所も次々に変わり、東京の御茶の水、神奈川の江ノ島、そして伊那谷と、土地の性格のままに話の内容も千変万化した。話の延べ時間は、おそらく二十時間を超えているだろう。

著者は同じ時期に、ほかの所でも四、五十人を相手に、「自由」「知恵」などをテーマにしたトークの会を開いている。

この本は第一に、そんな著者のいろいろなトークを母体にして成り立った。そのなかには、まるでアマルガムのように、著者がこれまで書いたエッセイや詩、『老子』の翻訳、訳詩などが、少しずつちりばめられている。

その母体のうえに、かなりの部分の〝書下ろし〟が加わった。新たな文章の調子も、あくまで著者の語り言葉であったが、その理由は、本書をお読みいただければおわかりになるだろう。

そうしたいくつかの素材を元に構成し、著者が全面的に何度も手を入れ、この本は生まれている。

編集部としては、このすばらしき〝加島ワールド〟が、いまの時代の誰かの心に、何かを伝えてくれることを期待している。

【加島祥造　かじま・しょうぞう】
一九二三年、東京生まれ。早稲田大学英文科卒業。カリフォルニア州クレアモント大学大学院留学。信州大学・横浜国立大学を経て、青山学院女子短期大学教授を最後に退任。
詩集……『晩晴』（思潮社）、『放曠』（書肆山田）、『離思』（思潮社）、『潮の庭から』新川和江共著（花神社）、『寄友』（書肆山田）、『帰谷』（加島事務所）
訳詩集……『倒影集―イギリス現代詩抄』（書肆山田）、『ポー詩集』（岩波文庫）
著作……『フォークナーの町にて』（みすず書房）、『英語の辞書の話』（講談社）、『会話を楽しむ』（岩波書店）、『英語の中の常識』（大修館書店）、〈画文集〉『心よ、ここに来ないか』（日貿出版社）、『谷の歌』（里文社）〈老子関係〉『タオ――ヒア・ナウ』（PARCO出版）、『伊那谷の老子』（淡交社・朝日文庫）、『タオ――老子』（筑摩書房）、『いまを生きる』（岩波書店）、『谷とタオの思索』（海竜社）、『タオにつながる』（朝日新聞社・朝日文庫）、『肚――老子と私』（日本教文社）、『エッセンシャル・タオ』（講談社）

なお、本書中の《》で囲った部分は、右の『伊那谷の老子』『心よ、ここに来ないか』などの著作からの引用に、若干手を入れたものである。

本書は『老子と暮らす』(二〇〇〇年・光文社刊)に加筆、修正したものです。

知恵の森
KOBUNSHA

老子《ろうし》と暮《く》らす

知恵と自由のシンプルライフ

著　者――加島祥造（かじま しょうぞう）

2006年　1月15日　初版1刷発行
2008年　4月10日　　5刷発行

発行者――古谷俊勝
印刷所――萩原印刷
製本所――明泉堂製本
発行所――株式会社光文社
東京都文京区音羽1-16-6〒112-8011
電　話――編集部(03)5395-8282
販売部(03)5395-8114
業務部(03)5395-8125

ISBN978-4-334-78404-1　Printed in Japan

お願い

この本をお読みになって、どんな感想をもたれましたか。「読後の感想」を編集部あてに、お送りください。また最近では、どんな本をお読みになりましたか。これから、どういう本をご希望ですか。どの本にも誤植がないようにつとめておりますが、もしお気づきの点がございましたら、お教えください。ご職業、ご年齢などもお書きそえいただければ幸いです。当社の規定により本来の目的以外に使用せず、大切に扱わせていただきます。

東京都文京区音羽一・一六・六
（〒112-8011）
光文社〈知恵の森文庫〉編集部
e-mail:chie@kobunsha.com

ぼくの人生案内　田村隆一

白洲次郎の日本国憲法　鶴見　紘

手塚治虫のブッダ救われる言葉　手塚治虫

作家の別腹　野村麻里編

体の記憶　布施英利

始めよう。瞑想　宝彩有菜

羽生　保坂和志

大阪人の胸のうち　益田ミリ

これぞ日本の日本人　松尾スズキ

ロンドンで本を読む　丸谷才一編著

千年紀のベスト100作品を選ぶ　丸谷才一　三浦雅士　鹿島　茂　選

文学的人生論　三島由紀夫

時を駆ける美術　森村泰昌

[伝説]になった女たち　山崎洋子

古武術の発見　養老孟司　甲野善紀

名画裸婦感応術　横尾忠則

幸せを呼ぶインテリア風水　李家幽竹

直心《じきしん》是《これ》我師《わがし》 自分らしく生きる禅語45　渡會正純